Déjà parus :

1. *Juliette à New York*
2. *Juliette à Barcelone*
3. *Juliette à La Havane*
4. *Juliette à Amsterdam*
5. *Juliette à Paris*
6. *Juliette à Québec*
7. *Juliette à Rome*
8. *Juliette à San Francisco*
9. *Juliette à Londres*

Juliette autour du monde :

1. *Amsterdam - Paris*
2. *Barcelone - La Havane*

www.kenneseditions.com

Dépôt légal : décembre 2015 | D/2015/13.105/70

ISBN 978-2-8758-0229-3 | NUART 26-5148-0 | R3/2018

Illustration de la couverture : Annabelle Métayer
Illustrations intérieures : Géraldine Charette
Graphisme : René St-Amand
Mise en pages : Martel en-tête

Imprimé en Italie sur les presses de Grafica Veneta

ROSE-LINE BRASSET

Juliette à La Havane

Kennes

Avant-propos

Bienvenue dans l'univers coloré de Juliette Bérubé, une adolescente québécoise qui suit sa mère journaliste autour du monde. À travers le journal de voyage de la jeune fille, vous aurez l'occasion de vous familiariser avec les expressions typiquement québécoises utilisées par les jeunes de chez nous. Afin de vous aider à vous y retrouver, les termes suivis du symbole [L] sont expliqués dans un lexique situé à la fin du livre. Si ces mots et expressions vous font sourire, profitez-en pour les mémoriser en vue d'un séjour au Québec. On vous attend avec impatience !

Bises
Rose-Line

Rose-Line Brasset est journaliste, documentaliste et auteure depuis 1999. Elle détient une maîtrise en études littéraires et a rédigé plusieurs centaines d'articles dans les meilleurs journaux et magazines canadiens sur des sujets aussi divers que les voyages, la cuisine, la famille, les faits de société, l'histoire, la santé et l'alimentation. Globe-trotteuse depuis l'adolescence, elle est aussi l'auteure de *Voyagez cool!*, publié chez Béliveau, et de deux ouvrages parus aux Publications du Québec dans la collection « Aux limites de la mémoire ». Mère de deux enfants, elle partage son temps entre la vie de famille, l'écriture, les voyages, les promenades en forêt avec son labrador, la cuisine et le yoga.

*À Janette, Rose-Aimée, Juliette, Nathalie, Amélie,
Camille et Laurence, les femmes de ma vie.*

Samedi 20 juin

1 H

Nous sommes au beau milieu de la nuit et je n'ai pas les idées bien claires, mais j'ai fini l'école hier et je suis assurément en vacances puisque ma mère et moi sommes montées à bord d'un avion tout à l'heure. *Yeeesss !* Lorsque s'ouvre la porte de l'appareil, l'air chaud et humide de l'extérieur s'engouffre dans la cabine, me donnant un aperçu de la semaine qui s'en vient. Il va faire chaud, très chaud ! Après un vol de quatre heures, maman et moi venons d'atterrir à l'aéroport international de Varadero, à Cuba.

1 H 15

Une fois débarquées et nos bagages récupérés, il faut attendre en file indienne avec les autres passagers pour passer au guichet de l'Immigration.

Chacun son tour, tout le monde doit montrer son passeport et faire valider son visa de touriste, un bout de papier donnant le droit de séjourner temporairement à Cuba. C'est comme ça quand on atterrit en pays étranger. En attendant, j'ai sorti mon iPod de ma poche pour voir s'il y a du réseau. Ben quoi ? Si je ne donne pas de mes nouvelles bientôt, Gina et Gino, mes *BFFs*[L], risquent de s'inquiéter. Je sais très bien l'heure qu'il est, mais je déteste rester les bras ballants à ne rien faire ! Bon, malheureusement, il n'y a pas la moindre trace de Wi-Fi disponible ici… Tout un aéroport international ! Quand je lui en fais la remarque, ma mère se contente de froncer les sourcils sans prendre la peine de répondre. Vivement qu'on arrive à l'hôtel ! Heureusement, notre tour vient plutôt vite.

1 H 30

Très fière d'elle, maman s'avance avec le sourire et gratifie l'employée d'un enthousiaste et sonore : « *¡Buenas noches señora!* » Pas du tout impressionnée par le don manifeste de ma mère pour les langues étrangères, la jeune fonctionnaire se contente de répondre « *¡Pasaportes!* » d'un air maussade, avant de passer un long, un très long moment à comparer les traits de nos visages avec les horribles photos de nos pièces d'identité. Ils sont payés pour avoir l'air bête ou quoi ? Et puis, quelqu'un peut-il me dire pourquoi il est interdit de sourire sur une photo de passeport, aussi ? « Il semble que le sourire altère la position et l'apparence des yeux et du nez, qui sont les deux principaux points permettant de reconnaître un visage », a prétendu ma mère lorsque nous sommes allées nous faire tirer le portrait à la pharmacie du coin, l'an dernier. Cette explication n'est pas très convaincante, si vous voulez mon avis. Le hic, c'est que maman sourit constamment, justement. Elle est donc méconnaissable sur la photo qu'examine l'employée de l'Immigration. On dirait une gardienne de prison qui se serait levée du mauvais pied ! Hi ! hi ! hi ! *OMG*[L] *!* Et si on nous interdisait l'entrée dans ce pays ? Je n'ai pas très envie de remonter dans l'avion, moi ! Heureusement, la dame finit par se laisser convaincre. Elle nous rend nos documents, avec le sourire cette fois.

— *Bienvenidas a Cuba*, dit-elle.

Ouf !

1 H 35

J'hésite entre l'excitation qui me gagne à l'idée d'avoir bientôt le bronzage le plus splendide qu'il soit possible d'arborer en ce début d'été pluvieux au Québec, et la déception que je ressens à l'idée que je vais manquer le feu de la Saint-Jean-Baptiste auquel assisteront bien entendu Gina et Gino. Pas facile, la vie de globe-trotter ! Pendant que tout le monde s'amuse, moi, je parcours le monde avec ma mère dès que j'ai plus de trois jours consécutifs de congé scolaire...

Sur le trottoir, je lève les yeux vers le ciel pour admirer les milliers d'étoiles. Je me demande si le firmament est le même partout. Il y a quelque chose de grisant à penser que je suis tellement loin de chez moi qu'il me serait impossible de rentrer pour y dormir cette nuit, même si l'envie furieuse m'en prenait...

— Il est où, le bus qui nous emmène à l'hôtel ?

— On ne prend pas le bus mais un taxi, choupinette.

Ma mère et ses rimettes en « ette » ! Elle se trouve drôle étant donné que je m'appelle Juliette... Après, on se demande pourquoi je déteste mon prénom ! J'ai treize ans (bientôt quatorze), tabarouette, et la plupart du temps elle me traite comme si j'en avais trois !

— Il est loin, notre hôtel ?

— Un peu. En fait, on doit d'abord se rendre à La Havane qui est à près de deux heures d'ici.

— Tu me niaises[L], là ?

— Pas du tout, pitchounette.

— Pourquoi n'a-t-on pas pris l'avion jusqu'à La Havane plutôt que jusqu'à Varadero alors ?

— Parce que nous repartirons de Varadero à la fin de la semaine. Là, nous commençons par aller rejoindre Nathalie et Camille qui nous attendent à La Havane.

— À cette heure-ci ?

— Elles sont arrivées il y a quelques jours et doivent déjà dormir à l'heure qu'il est. Nous nous sommes donné rendez-vous à l'hôtel autour de 10 h demain matin.

— Ah ! non ! Tu veux dire qu'il va encore falloir se lever aux aurores ?

— Oh, 8 h 30 n'est pas exactement l'aurore, voyons, pitchounette.

Elle passe la main sur ma tête pour m'ébouriffer les cheveux. Évidemment, me voilà toute décoiffée. Je grimace. Grrr ! Je déteste tellement quand elle fait ça !

1 H 45

— Taaaxiii !

La pensée de revoir bientôt mon amie me fait vite oublier ma mauvaise humeur. Camille est la fille d'une amie de maman. Dans une autre vie, ma mère a été infirmière. Quand elle a eu quarante ans, elle a tout laissé tomber pour devenir journaliste dans le domaine du voyage et parcourir la planète. « Un rêve d'enfance », m'a-t-elle expliqué. Cool, dites-vous ? Erreur ! Le côté *weird*[L] de la chose, c'est qu'elle m'oblige à la suivre partout. Ça vous dirait, à vous, de passer toutes vos vacances à voyager ? De vous promener d'un bout à l'autre de la planète dès qu'arrivent les congés de Noël, de la relâche, de Pâques et de l'été ? Bon, j'avoue que c'est parfois amusant, mais mes amis me manquent très souvent… Je pense que maman rêve d'être ma meilleure copine alors qu'elle a quarante-trois ans. Non mais, vous vous rendez compte ? Elle sera bientôt à mi-chemin d'avoir cent ans…

Mais revenons-en à mon amie. Au début de sa carrière d'infirmière, ma mère a travaillé pendant un an dans un hôpital de Genève, en Suisse, avec la mère de Camille, Nathalie. Il paraît qu'elles passaient tous leurs jours de congé à voyager ensemble ! Lorsqu'elles sont rentrées au Canada, elles sont demeurées en contact. Maman s'est installée à Québec, où je suis née, alors que Nathalie a plutôt choisi Montréal où elle s'est mariée avec le père de Camille, un Cubain qui a émigré au Québec dans les années 1990. Camille est enfant unique, comme moi. Nous avons exactement le même âge et nous nous entendons super bien ! Malheureusement, nous ne nous voyons pas très souvent. La dernière fois, c'était en septembre dernier, lors des funérailles du père de Camille qui est décédé dans un accident de deltaplane... L'horreur !

Bon, ben, je commence à avoir hâte d'aller me coucher, moi là... C'est fatigant, voyager !

1 H 50

Une voiture rouge et blanche dont les portières affichent en grosses lettres le mot « Cubataxi » s'arrête devant nous. Après de longues négociations en espagnol, le chauffeur et ma mère finissent par s'entendre sur le prix de la course. Soixante-cinq dollars[L]. Ça me semble ÉNORME, mais maman dit que c'est un très bon prix étant donné qu'il y a 150 kilomètres à parcourir. Une fois à bord, je roule en boule ma veste de jeans pour appuyer ma tête sur la vitre et tenter de dormir un peu. Encore deux heures avant d'arriver à l'hôtel. Je n'en reviens toujours pas !

3 H 50

J'ouvre à peine les yeux lorsque la voiture s'arrête devant un grand bâtiment, dans une rue complètement déserte... Fidèle à elle-même, maman trouve encore le moyen de se pâmer devant la beauté de l'édifice.

— L'hôtel Parque Central est le meilleur hôtel de la ville, lance-t-elle à mon intention avant de gratifier notre chauffeur d'un vibrant « *¡Gracias señor, muchas gracias!* » assorti d'un pourboire.

L'homme la remercie à son tour après avoir sorti nos bagages du coffre et les avoir déposés galamment à la réception de l'hôtel. Une petite attention appréciée puisque nos bagages sont deux fois plus lourds que d'habitude. Je me demande bien pourquoi ma mère a emporté trois tonnes de vêtements... Les chaussures mises à part, ce n'est pas dans ses habitudes. Bon, ben, il faut passer à la réception, montrer de nouveau nos papiers et prendre possession de notre clé. J'm'endooorrrrs !

4 H

Ce n'est qu'une fois dans notre chambre que je m'extasie à mon tour. C'est qu'elle est fantastique ! Il y a deux grands lits, une immense salle de bain et même une terrasse qui donne sur la rue. Je me jette littéralement sur le lit situé près de la fenêtre. Je ne tarderai pas à partir pour le pays des rêves, moi ! J'enlève mes espadrilles et mon jeans. Tant pis pour le reste…

— N'oublie pas de te brosser les dents, Juliette ! Juliette ? Bonne nuit, poussinette…

9 H

C'est le bruit des klaxons qui m'a réveillée. L'espace d'une nanoseconde, juste avant que j'ouvre les yeux, je me crois de retour à New York où nous avons passé les fêtes de Pâques. Puis je me souviens : nous sommes à La Havane !

— Julieeette ! Lève-toi !

— Ce sera pas long…

— Julieeette !

— Oui, oui !

On se calme s'il vous plaît ! Je suis en vacances, là… Et je m'endors TELLEMENT ! Zzzzz…

— Allez, un p'tit effort ! Il faut vite aller prendre notre petit déjeuner, ma poulette. Nathalie et Camille seront dans le hall à 10 h.

Je jette un coup d'œil au réveille-matin posé sur ma table de nuit.

— Il nous reste une bonne heure, non ?

— Pas du tout. Il faut se dépêcher si on veut goûter à tous les plats du buffet à volonté.

— Je n'ai pas tellement faim, de toute façon. Vas-y sans moi.

(Une fille s'essaye, comme on dit...)

— Ne dis pas de bêtises, voyons, Juliette. C'est le seul repas gratuit que nous prendrons aujourd'hui, alors pas question de se priver. Allez, file sous la douche.

— D'accord. Dans deux minutes, promis.

Me prenant par surprise, maman enlève brusquement le drap et la couverture de mon lit. Comme la chambre est climatisée, j'ai l'impression de mourir subitement de froid. Pas le choix d'aller sous la douche pour me réchauffer. Misère ! Je vis avec un bourreau et ma vie est un enfer !

9 H 15

J'enfile à la hâte un minishort noir, ma camisole[L] préférée (la grise avec un éléphant rose imprimé dessus) et des sandales noires. Je me regarde dans le miroir accroché à la porte de la garde-robe. Je me demande comment s'habillent les Cubaines de treize ans... Après trente secondes de réflexion, je décide de me changer. J'enlève le minishort noir et le remplace par un short en jeans et je change ma camisole pour une autre, rayée marine et blanc, qui fait moins bébé.

—Julieeette ! Mais qu'est-ce que tu fais ?

—Ce sera pas long, m'man. Le problème, c'est que j'ai rien à me mettre.

—Ne recommence pas avec ça, Juliette !

—Ben, c'est vrai, quoi ! Tu m'as acheté trois shorts et six camisoles au mois de mai, et depuis, je suis presque toujours habillée de la même façon.

—Et les trucs que je t'ai achetés l'an dernier ?

—L'an dernier, c'était l'an dernier, voyons, m'man ! La mode change !

Elle hausse les épaules, semblant scandalisée.

—N'importe quoi ! Je porte cette robe depuis des années, tu sauras.

—Justement…

Je me demande s'ils ont des centres commerciaux à La Havane…

10 H

Après un méga-gros-petit déjeuner, nous rejoignons le hall. Nos amies ne sont pas encore arrivées. J'ai hâte de les voir. Maman regarde sa montre.

—Comme tu le sais, le papa de Camille était Cubain. Des membres de sa famille vivent à

La Havane. Nathalie et Camille sont ici pour les voir.

— Tu veux dire que Camille a des oncles et des tantes ici ?

— Oui. Et aussi une grand-mère et plusieurs cousins et cousines.

— Wow, génial ! Moi, j'aimerais bien avoir des cousins qui vivent ici !

— Oui, ce serait bien de venir les voir, mais…

Ma mère prend soudain son air sérieux.

— … tu sais, Juliette, la vie ici n'est peut-être pas aussi facile et agréable que le laisse supposer cet hôtel de luxe.

— Comment ça ?

Maman n'a pas le temps de répondre. Un homme s'approche d'elle, un billet à la main.

— *¿Señora* Bérrroubé?

Trop drôle, la façon dont les hispanophones prononcent les « u » en « ou » et roulent les « r ».

— *Sí.*

— *Tengo un mensaje para usted, señora.*

— Il dit qu'il a un message pour moi. *¡Muchas gracias señor!*

L'homme s'incline respectueusement avant de tourner les talons. Maman s'empresse de lire le message qui lui est destiné.

—Nathalie dit qu'elle a eu un contretemps et qu'elles ne pourront pas passer nous prendre avant midi. Eh bien ! Ça nous donne deux heures pour visiter les alentours, juste toutes les deux. Par contre, j'ai besoin de changer des dollars canadiens en pesos cubains et je ne veux pas le faire ici. Les bureaux de change des hôtels prennent généralement une commission exorbitante. Attends-moi deux minutes, je vais aller chercher un plan de la ville et demander quelques indications au concierge de l'hôtel.

—Le concierge ?

—Oui, l'homme qui nous a apporté le billet.

—Il s'occupe du ménage ?

—Mais non, pitchounette. Dans les grands hôtels, le concierge est la personne chargée d'accueillir, de renseigner et de conseiller les clients.

—Ah bon !

—Je reviens.

Ma mère m'ayant plantée là, je plonge la main dans ma poche pour y prendre mon iPod afin de vérifier s'il y a une connexion Wi-Fi dans le hall. Ah, *fudge*[L] ! Je l'ai oublié dans la chambre. Gino et Gina devront attendre encore un peu… Un brin désœuvrée, je jette un coup d'œil aux portes vitrées automatiques qui donnent dehors. Au contraire de la nuit dernière, il y a beaucoup de monde dans la rue et sur le trottoir, ce matin. Si ce n'était l'allure rétro ou carrément excentrique des véhicules, on se croirait presque à New York ! À pied ou à vélo, les gens vont et viennent, semblant pressés. Ils n'ont pas l'air bien riches par contre... Quant aux voitures, elles ne sont pas non plus de la première jeunesse. Plusieurs sont peintes en turquoise, rose, mauve ou jaune pétant. Trop *hot*[L] ! La Havane est un véritable musée à ciel ouvert de vieilles voitures américaines et russes, m'a appris ma mère au petit déjeuner. Un homme offre le journal aux passants. D'après ce que je peux voir, le journal s'appelle *Granma*. Drôle de nom ! Il me tarde de me joindre à la foule et de découvrir la ville.

Ah ! Un plan à la main, maman est de retour.

— Voilà, pucette ! J'ai tous les renseignements dont nous avons besoin.

— On devrait aller chercher ton appareil photo, non ? Et j'ai oublié mon iPod touch dans la chambre.

— Pas question d'exhiber mon appareil photo ou ton iPod dans la rue. On risquerait trop d'attirer l'attention, choupinette. Sans être dangereuse, La Havane grouille de petits arnaqueurs à la recherche de proies faciles et de touristes naïfs. Mieux vaut demeurer discrètes.

—Mais maman !

—J'ai dit : pas question !

Décidément, je m'amuse follement !

10 H 10

En mettant le pied dehors, nous sommes enveloppées par la chaleur et l'humidité. Le contraste avec l'air climatisé de l'hôtel est saisissant. Dire qu'il faisait seize degrés Celsius sous une pluie torrentielle lorsque nous avons quitté le Québec hier soir ! Nous nous mêlons à la foule et, bizarrement, je me sens tout de suite dans mon élément. Dans la rue, petites boutiques, cafés et marchands de journaux se succèdent. Il y a du monde partout, c'en est presque étourdissant ! Les gens discutent et s'interpellent. Je ne comprends pas grand-chose à ce qui se dit, mais l'espagnol sonne comme une mélodie à mes oreilles. À l'entrée de plusieurs immeubles, des haut-parleurs laissent échapper une musique entraînante. En fait, dans la rue, la musique est omniprésente. Ça me met de bonne humeur !

—C'est de la salsa, m'informe ma mère, un style musical typique de Cuba.

—Ouais, j'aime ça. Et il y a des airs de reggae aussi !

Ce que j'apprécie moins, c'est cette impression que tout le monde nous regarde... J'ai sans doute une mèche de travers. Maman ne m'a évidemment pas laissé le temps de me plaquer les cheveux, ce matin. À moins que mes vêtements ne soient étranges...

Soudain, un homme noir pauvrement habillé et au sourire partiellement édenté me touche l'épaule.

— *Where do you come from?*

— Hein? C'est à moi qu'il parle?

— Il veut savoir d'où tu viens, dit maman. Ignore-le et viens!

— J'ai compris, mais pourquoi m'a-t-il touchée? C'est ben bizarre!

M'attrapant par les épaules, ma mère m'entraîne vers elle. Lorsqu'elle tente de me prendre la main, je me dégage doucement.

— Les gens sont très pauvres ici, poursuit-elle. Le salaire moyen n'atteint pas un dollar par jour. Les Cubains remarquent les étrangers de loin, et j'imagine qu'il est normal que nous soyons l'objet de leur curiosité. Cet homme n'avait pas l'air méchant. Fais comme si de rien n'était et reste bien près de moi.

— Moins de trente dollars par mois? C'est pas possible, voyons donc! J'me fais plus que ça en gardant la fille de madame Arsenault le vendredi soir.

—Oh que oui ! C'est tout à fait possible, crois-moi. Allez viens ! Je pense que la banque est par là.

Apparemment très sûre d'elle, maman continue de m'entraîner d'un trottoir à l'autre comme s'il s'agissait de notre promenade matinale habituelle. Elle tourne brusquement à gauche à un coin de rue, puis à droite, deux intersections plus loin. Pourvu qu'on ne s'égare pas !

—*¡Hola guapa ! ¿Qué tal?*

Un autre homme, plutôt jeune cette fois, vient de poser la main sur mon avant-bras gauche en s'adressant à moi. Ma mère m'attrape fermement par le bras droit et me tire vers elle, l'air de reprendre possession de ce qui lui appartient.

—Qu'est-ce qu'il dit ? Qu'est-ce que ça veut dire, "guapa" ?

—Il a dit "Salut la belle" et a demandé comment tu vas... "Guapa" veut dire "belle". Viens-t-en !

—OK ! Mais c'est pas la peine de me tenir par le bras, m'man. Je n'ai plus quatre ans...

—C'est justement ce qu'ont remarqué tous ces machos ! Ne leur réponds surtout pas. Ce n'est pas le moment de faire preuve de naïveté et de se laisser embobiner par n'importe qui. On vient à peine d'arriver.

À ma grande surprise, les sifflets et les exclamations continuent de fuser sur notre passage, accompagnés d'œillades plus ou moins obscènes. C'est la première fois que je vis une situation pareille et je ne sais si je dois être effrayée, flattée ou choquée. Le moins qu'on puisse dire, c'est que nous ne passons pas vraiment inaperçues. Comment ces gens peuvent-ils savoir que nous sommes des touristes ? Il est vrai qu'avec sa chevelure blonde et son plan de la ville à la main, maman n'est pas la discrétion même. C'est sûrement à cause d'elle, toute cette attention ! Par contre, je me demande bien pourquoi les gens essaient de me toucher, moi... Quand je me promène dans les rues de mon quartier, j'ai la plupart du temps l'impression d'être totalement invisible tellement personne ne fait attention à moi.

— Oups !

Je viens d'entrer en collision avec ma mère qui s'est arrêtée. L'air perplexe, elle examine son plan.

— C'est bizarre, je pense que je me suis trompée en tournant à droite tout à l'heure. Normalement, la banque devrait se trouver ici et elle n'y est pas.

Elle se gratte le haut de la tête.

— J'ai probablement manqué un coin de rue quelque part...

Voilà qui ne m'étonne pas. Maman est la seule personne que je connaisse qui soit suffisamment dans la lune pour oublier le chemin entre le dépanneur du coin et notre propre maison, en particulier lorsqu'elle est préoccupée…

10 H 20

— *¡Hola señora! ¿Puedo ayudarla?*

Une dame s'est adressée à ma mère d'un air engageant.

— Oh ! *¡Muchas gracias! Estoy buscando un banco*, répond-elle.

Ça y est, je comprends l'espagnol ! La dame a demandé si elle pouvait nous aider et maman a répondu qu'elle est à la recherche d'une banque. Apparemment, mes cours d'espagnol de deuxième secondaire portent fruit ! Dire que je passais mon temps à cogner des clous en classe…

— *¿Están ustedes hospedadas en el hotel Parque Central?* demande la Cubaine.

— *Sí*, répond ma mère, surprise d'apprendre que la dame sait à quel hôtel nous sommes descendues.

— *Me llamo Yolanda y trabajo en su hotel.*

— Elle dit qu'elle travaille à notre hôtel, traduit maman en se tournant vers moi. N'est-ce pas fantastique ? Elle nous a probablement vues en sortir, tout à l'heure.

— Hum...

Se retournant vers son interlocutrice, elle poursuit :

— *Me llamo Marianne. ¡Mucho gusto, señora!*

— *¡Encantada!*

Encantada veut dire « enchantée ». Maman et la dame échangent une poignée de main avant de se lancer dans une discussion animée. Je ne me souviens pas d'avoir aperçu cette femme à notre hôtel... Quoi qu'il en soit, elle est très amicale et lorsqu'elle offre de nous conduire jusqu'à la banque la plus proche, ma mère accepte avec enthousiasme.

— Je me suis déjà fait une nouvelle amie, souffle-t-elle à mon oreille.

— Hum, hum...

Yolanda nous entraîne dans un dédale de petites rues. J'espère vraiment qu'elle n'est pas en train de nous perdre pour de bon. Son sourire a quelque chose de faux, et elle ne me fait pas tellement bonne impression. Je ne peux pas m'expliquer pourquoi. Quand je fais part de mon malaise à voix basse à maman, celle-ci s'exclame en riant :

— C'est sans doute sa dent en or qui te fait cet effet ! Ne t'inquiète pas, j'ai la situation bien en main.

— Une dent en or ? Beurk !

Je n'avais pas remarqué. Mais oui, je la vois, là !

— Ayoye, c'est dégueu !

— Chut ! C'est très à la mode ici. Un peu comme les tatouages ou les *percings* le sont en ce moment, chez nous.

— Je préférerais de loin porter un *tatoo* sur l'épaule qu'avoir une dent en or dans la bouche !

— Je ne te permettrai d'avoir ni l'un ni l'autre, je te le promets.

Qu'est-ce qu'elle peut être plate [L], ma mère, des fois !

Un autre détail attire mon attention : les chaussures que porte Yolanda font un peu bizarre aux pieds d'un membre du personnel d'un hôtel aussi chic que le Parque Central. Il s'agit de gougounes [L] en plastique d'un noir délavé ayant vraisemblablement connu des jours meilleurs… il y a longtemps.

J'en suis là de mes réflexions lorsque je sens soudain une main se poser sur ma hanche.

— *Where do you come from, guapa ?*

Avant que je ne saisisse ce qui est en train d'arriver, voilà que ma mère, la lionne, se met à rugir et assène une grande tape sur la main de l'impudent individu.

— Ôte tes pattes de là, toi !

Surpris, l'homme tente de faire demi-tour pour s'enfuir sans demander son reste, mais Yolanda ne lui en laisse pas le temps. La nouvelle copine de maman attrape l'individu par le collet et se met à le secouer comme un prunier en criant en espagnol, sa dent en or (la canine de droite) brillant de tous ses feux. Je ne comprends rien à ce qu'elle dit, mais en voyant l'hilarité que suscite l'incident chez les passants, je constate que nos efforts pour demeurer discrètes ont lamentablement échoué. Moi qui déteste attirer l'attention, je suis servie ! La honte !

10 H 30

Le quartier où nous marchons s'appelle La Habana Vieja. « C'est le cœur historique de La Havane et il a été inscrit sur la liste du patrimoine mondial de l'Unesco », n'a pas manqué de me signaler maman. S'il a parfois l'air d'avoir subi un bombardement, le secteur est quand même très beau, enfin, je trouve. Malheureusement, de nombreux édifices semblent s'être effondrés sur eux-mêmes. Plusieurs sont en décrépitude et d'autres en rénovation… En fait, cette ville a l'allure d'un immense chantier de construction ! Quel que soit leur état, les immeubles sont pourtant magnifiques. Peints en jaune, en vert ou en rose, ils sont ornés d'arcades, de corniches et de grandes portes-fenêtres aux moulures sculptées, auxquelles sont attachés de jolis balcons en fer forgé. Suspendues aux fenêtres et aux balcons, des cordes à linge exposent des vêtements en train de sécher. Je voudrais bien entrer dans un de ces appartements, rien que pour voir ce qui s'y passe…

Comme promis, Yolanda nous a conduites jusqu'à une succursale *del Banco de Crédito y Comercio*. Maman et moi entrons. À ma grande surprise, il y a beaucoup, beaucoup de monde à l'intérieur et il nous faut nous résigner à faire la queue. Malgré un ventilateur de plafond, il fait drôlement chaud et l'humidité est à peine supportable. Ma mère se sert de son plan de ville comme d'un éventail, tandis que je fonds en silence. Je sue tellement que j'ai l'impression que tout le monde voit les cernes humides sous mes bras. Pas chic ! On distingue deux saisons à Cuba, m'a expliqué maman : la saison sèche, l'équivalent de notre hiver, alors qu'il fait en moyenne autour de vingt-cinq degrés Celsius (tu parles d'un hiver !), qui s'étend de décembre à avril, et la saison humide, de mai à novembre, avec une température moyenne de trente degrés Celsius.

Lorsque c'est enfin notre tour, l'opération de change se fait rapidement. Ma mère obtient trois cents pesos convertibles pour trois cents dollars canadiens.

—Voilà qui devrait suffire pour la durée de notre séjour, dit-elle.

En sortant, je réalise que Yolanda est toujours là.

—Que c'est gentil de nous avoir attendues ! s'exclame maman.

Pour ma part, je trouve que c'est plutôt bizarre, mais on ne me demande évidemment pas mon avis !

10 H 45

Yolanda offre de nous emmener dans un endroit où a lieu en ce moment *un gran festival de salsa*. Je n'en vois pas l'intérêt, mais je meurs de soif, et ma mère m'assure qu'on pourra s'asseoir et boire quelque chose.

—Et puis, ça m'intéresse vraiment de voir ce festival. Ça doit être magnifique ! ajoute-t-elle avec son enthousiasme légendaire.

Souhaitons-le. Après nous avoir entraînées encore plus profondément dans le labyrinthe des ruelles du quartier, la femme s'arrête devant une terrasse dont l'entrée est fermée par une grille en fer forgé. L'endroit est désert et on n'entend pas la moindre note de musique... Yolanda ouvre la grille et nous invite à nous asseoir à une des tables.

—Il n'y a pas de musique? s'enquiert maman en espagnol.

—*Esperamos un momentito,* lui répond Yolanda, c'est-à-dire "attendons un petit moment". (Trop facile l'espagnol, non? ☺)

La terrasse est agréablement ombragée, alors je ne rouspète pas. Le décor est plutôt joli, mais l'ambiance m'a l'air étrangement tranquille et il s'écoule, me semble-t-il, une éternité avant qu'une serveuse finisse par débouler de l'intérieur de l'établissement. Tout un festival! Sans se démonter le moins du monde, ma mère commande à boire pour trois.

—À quelle heure a lieu le festival de salsa? s'informe-t-elle en espagnol en s'adressant directement à la serveuse.

L'air de ne pas avoir compris la question, cette dernière se tourne vers Yolanda avec qui elle échange un flot de paroles incompréhensibles. À la mine ahurie de maman, je réalise qu'elle non plus ne comprend pas un mot de ce qui se dit.

— *El festival empieza a las ocho de la tarde,* répond finalement Yolanda.

— Oh ! dit ma mère, perplexe. Le festival commence à 8 h ce soir, traduit-elle à mon intention.

— À 8 h du soir ! Qu'est-ce qu'on fait ici, alors ? ne puis-je m'empêcher de m'exclamer.

— Chut, chut, chut, choupinette. Ce n'est pas grave. Maintenant, nous savons au moins où il a lieu. Rien ne nous empêche de revenir ce soir avec Nathalie et Camille.

— Bof !

La serveuse dépose bientôt sur la table ce qui a tout l'air d'être des shirley temple, c'est-à-dire de la limonade additionnée de grenadine. Après y avoir trempé les lèvres, je dirais qu'elle a oublié la limonade et qu'il s'agit simplement d'eau gazeuse et de grenadine. Pas mauvais, mais loin d'être génial.

— *¿Cuánto cuesta?* demande maman en sortant son porte-monnaie.

— *Quince pesos convertibles,* répond la serveuse.

Je retiens un cri de surprise. Ça coûte l'équivalent de quinze dollars pour trois verres d'eau gazeuse !

— C'est cher, dis-je.

— Cet endroit est sans doute un attrape-touristes, me répond ma mère à la dérobée. Buvons nos verres et allons-nous-en. Laisse-moi gérer notre sortie en douce pour ne pas vexer Yolanda.

— *¿Quieren ir de compras despues?* questionne cette dernière, tout sourire.

— Qu'est-ce qu'elle dit ? demandé-je.

— Elle demande si nous souhaitons aller faire des achats après. Tu en penses quoi, toi ?

11 H

Évidemment, moi, quand il s'agit d'aller magasiner[L], je suis toujours partante ! J'ai justement besoin d'un nouveau maillot de bain.

— On a le temps ?

— Si on se dépêche et que ce n'est pas trop loin, je pense que oui. Enfin, peut-être.

Elle se tourne vers Yolanda et demande en espagnol où se trouvent les magasins. La femme répond que ça dépend de ce que nous voulons acheter. Devant l'air indécis de ma mère, elle propose de nous aider à nous procurer des cigares cubains d'une marque très connue. Beurk ! Comme maman lui répond que nous ne fumons pas, Yolanda suggère de les acheter pour nos *amigos* canadiens. Et la voilà qui insiste en disant que le cuisinier de ce restaurant pourrait nous faire un très bon prix. Maman se tourne vers moi et me chuchote à l'oreille :

— J'ai entendu parler de ce trafic. Elle reçoit probablement une commission sur les boîtes de cigares qu'elle vend pour son ami. Ce revenu supplémentaire est certainement précieux pour sa famille.

— Tu ne vas quand même pas acheter des cigares, m'man ! Tu m'inquiètes, là ! Allons-nous-en plutôt d'ici au plus vite. On n'a encore rien vu de la ville !

— Tu sais, Juliette, ces gens sont très pauvres et Yolanda a été vraiment gentille avec nous. Je m'en voudrais de ne pas faire une bonne action. *¿Cuánto cuestan los cigarros puros?* demande-t-elle en se tournant de nouveau vers Yolanda.

— *Solamente cuarenta pesos,* l'informe la bonne femme.

— Oh !

SEULEMENT quarante pesos ! Oh là là ! Quelque chose me dit que ma mère ne s'attendait pas à dépenser l'équivalent de quarante dollars pour une boîte de cigares qui puent... Mais c'est sous-estimer son cœur tendre et sa tendance naturelle à l'empathie. Je n'en crois pas mes yeux lorsque je la vois mettre la main dans son portefeuille.

— Maman !

— Laisse-moi faire. Je vais marchander, bien sûr. On offrira les cigares au voisin qui jette un coup d'œil à notre maison pendant que nous sommes en voyage.

Un gros billet à la main, elle s'adresse à Yolanda en espagnol :

— Je peux payer trente-cinq pesos. Avez-vous de la monnaie ?

Sacrée maman ! Elle brandit un billet de cinquante pesos tout chaud en disant qu'elle ne peut payer que trente-cinq pesos. Pas crédible pour deux sous ! Sautant sur ses pieds, Yolanda s'empare du billet.

— D'accord, attendez-moi, je reviens avec les cigares et la monnaie, s'empresse-t-elle de répondre en espagnol, évidemment.

L'argent en main, elle s'éloigne en direction du fond de la cour avant de disparaître par une petite porte…

11 H 10

— Elle en met, du temps à revenir, Yolanda. C'est donc ben long ! Est-ce qu'on va magasiner finalement ?

— Je ne crois pas, pucette. Je viens de défoncer notre budget de la journée, et il va falloir penser à rebrousser chemin si nous ne voulons pas arriver en retard à notre rendez-vous.

— Ben là ! Tu veux dire qu'on ne peut pas aller magasiner parce que tu viens de dépenser cinquante dollars en cigares ?

— Trente-cinq dollars en cigares et quinze autres en limonade, Juliette. Yolanda va revenir avec ma monnaie. Ne t'inquiète pas.

Lorsque la serveuse se pointe pour demander si nous voulons autre chose, maman jette un regard vaguement inquiet à sa montre et se décide enfin à s'enquérir de ce qui se passe :

— Est-ce que Yolanda est toujours dans la cuisine ? demande-t-elle en espagnol.

— Je ne connais aucune Yolanda, répond la serveuse.

— C'est la femme qui était assise avec nous il y a quelques minutes encore, précise ma mère.

— Elle est partie depuis un moment déjà, annonce la femme, le regard fermé.

— Mais non, elle est allée à la cuisine parler avec le cuisinier, insiste maman en élevant légèrement le ton.

La serveuse hausse les épaules.

—*No hay nadie en la cocina. Estoy sola. El cocinero esta de vacaciones, hoy.*

Elle dit qu'il n'y a personne à la cuisine et qu'elle est seule aujourd'hui puisque c'est le jour de congé du cuisinier... S'impatientant, ma mère se lève.

—Mais qu'est-ce que c'est que cette histoire ? Viens avec moi, Juliette.

—On va où, là ?

—Je veux en avoir le cœur net.

M'entraînant avec elle vers le fond de la cour, maman pousse la petite porte par où a disparu Yolanda. Surprise ! La porte en question donne dans... la rue.

—C'est pas vrai !

Eh oui, ma p'tite maman si maligne s'est fait arnaquer, et c'est moi qui suis punie en n'allant pas magasiner...

11 H 50

Il fait chauuud ! Après avoir passé un long, un très long moment à tourner en rond à la recherche de la *calle* Neptuno, où se situe notre hôtel, ma mère finit par admettre que nous sommes perdue pour de bon. Ça serait tellement plus simple prendre un de ces mignons *cocotaxis* qui se f filent partout ! La sueur lui dégoulinant sur le b du nez, maman finit par se laisser convaincre. Hourra ! J'en mourais d'envie. Le véhicule en question est une sorte de scooter à trois roues, avec une petite cabine peinte en jaune et noir. Le chauffeur est assis à l'avant et, à l'arrière, deux passagers peuvent tenir côte à côte. Trop cool ! On se croirait dans les autos tamponneuses de La Ronde, les collisions en moins... enfin, j'espère ! Malheureusement, un peu hébétée par notre aventure de la matinée (ou pas encore domptée), ma mère oublie de négocier le prix de la course avant de monter à bord. Une fois devant l'hôtel Parque Central, quand vient le moment de descendre, le cirque recommence : le chauffeur réclame trente pesos convertibles pour une course de huit minutes...

— Une somme énorme ! C'est l'équivalent du aire mensuel des gens ! se scandalise maman.

suis assez d'accord avec elle mais, voyant le ttroupement qui commence à se former, je le bien de le lui dire et prie tout bas pour sse tombær, juste pour cette fois. Je suis rsque, de guerre lasse, elle se résigne à nte pesos de son porte-monnaie et à véhicule.

z-les pour vos enfants alors, dit-

Puis, se tournant vers moi, elle ajoute, semblant penaude :

— Il a probablement de la difficulté à nourrir sa famille. On s'en remettra.

12 H 10

Sur le trottoir devant l'hôtel Parque Central, échevelées, rouges et transpirantes (il est difficile de garder belle allure quand il fait trente-huit degrés à l'ombre), nous cherchons nos amies des yeux. Soudain, au bout de la rue, je crois reconnaître la tignasse frisée de mon amie qui, elle, a l'air aussi fraîche qu'une fleur.

— Camille !

— Jules !

Trop heureuse, je cours vers elle et me jette dans ses bras. Comme c'est bon de m'entendre enfin appeler Jules plutôt que Julieeette, choupineeette ou aloueeette !

— Chuis tellement contente !

— T'es donc ben belle, Jules ! Tu t'es fait faire des mèches ? C'est trop *hot* !

— Oui, l'hiver dernier. Tu aimes ? Toi aussi, t'es trop jolie ! J'adore tes cheveux frisés.

— Et ta camisole rayée est vraiment super ! Vous restez longtemps ici ?

— Une semaine en tout. Et vous ?

— Nous passons une partie de l'été à Cuba. Maman veut que je pratique mon espagnol. Elle dit que c'est important, d'autant plus que mes cousins qui vivent ici ne parlent pas français.

— Hum ! C'est vrai, ça. Ton t-shirt est TELLEMENT beau ! Tu l'as acheté où ?

— C'est un Roxy. Maman l'a acheté en solde, je ne sais pas trop où.

Maman et Nathalie paraissent tout aussi contentes que nous.

— Laisse-moi te regarder ! s'exclame Nathalie en tenant ma mère au bout de ses bras. La Havane te va bien, tu as l'air en grande forme !

Maman rougit encore plus, mais de plaisir cette fois.

— Tu veux rire...

— Je suis tout à fait sérieuse ! Oh ! Excuse-nous pour ce matin. J'avais quelques courses urgentes à faire. Vous en avez profité pour prendre du bon temps, j'espère ? Vous avez visité un peu ?

— Oui. Ben... euh... c'est-à-dire qu'on a même eu le temps de vivre des aventures.

— Vraiment ? Raconte-moi tout. Vous aviez des projets pour l'après-midi ?

— Non, nous sommes toutes à vous.

— Super ! On pourrait se promener sur le Paseo del Prado et voir le Capitolio, puis casser la croûte dans un endroit très spécial. Ça vous va ?

— Fantastique !

Sans plus s'occuper de Camille et moi, Nathalie glisse son bras sous celui de ma mère et, en papotant, l'entraîne dans la direction opposée à celle que nous avons prise ce matin. Pour aller où finalement ? Je n'ai pas bien compris. Mystère et boule de gomme, hein ! Grrr... Je déteste quand on oublie de me consulter ! C'est vrai, quoi, Camille et moi sommes là, nous aussi. C'est quoi, cette façon qu'ont les adultes de faire comme s'il était tout à fait normal que nous les suivions sans dire un mot ?

— Hé ! On va où, comme ça ?

— Voir le Capitolio, répond évasivement maman.

— Le quoi ?

— Le Ca-pi-to-lio. Comme le Capitole à Washington, tu sais, le siège du Congrès américain.

— Hein ?

Ça m'énerve quand ma mère s'obstine à parler de trucs que personne ne connaît en faisant comme si j'étais la seule à ne pas être au courant que ça existe !

— C'est un magnifique édifice à l'architecture très particulière. Il s'agit de l'ancien siège du Sénat cubain, mais c'est surtout l'emblème de La Havane, intervient Nathalie. Il est situé non loin d'ici.

—C'est un musée? demandé-je en faisant la grimace.

Je déteste les musées. Je les trouve TELLEMENT ennuyeux! La plupart du temps, ils sont remplis de vieilleries qui n'intéressent que les vieux. (Quoique, s'il y a l'air climatisé là-bas, je suis peut-être prête à faire une concession, pour cette fois...)

—On n'est pas obligées d'entrer le visiter, bien sûr, mais il faut l'avoir vu. Et avant, je vous emmène en promenade sur le Prado.

—C'est une avenue très jolie, tu vas aimer, je t'assure, affirme Camille.

Si c'est mon amie qui le dit, je veux bien le croire!

—Je suis si contente que tu sois là! poursuit-elle. Je me pince pour être sûre que je ne rêve pas. La dernière fois qu'on s'est vues, c'était aux funérailles de papa, ajoute-t-elle en baissant les yeux. Nous sommes ici pour participer à une petite cérémonie commémorative qui aura lieu à la fin de cette semaine. Tu sais, j'avais dix ans la dernière fois que j'ai vu ma grand-mère, mes oncles, mes tantes et mes cousins, alors je suis un peu nerveuse...

Je m'arrête un moment de marcher pour la serrer dans mes bras.

— Ils vont tous t'adorer, j'en suis certaine !

Mon amie et moi nous connaissons depuis que nous sommes bébés. Quand elle était petite, je l'enviais un peu de vivre avec une mère ET un père. Ce dernier lui racontait des histoires, la faisait sauter sur ses genoux et la lançait dans les airs avant de la rattraper dans ses bras en riant aux éclats. Aujourd'hui, comme moi, Camille vit seule avec sa maman, et je me sens honteuse d'avoir envié son bonheur. Ça ne doit pas être drôle tous les jours quand ta mère pleure tellement qu'elle en oublie à quel point tu souffres, toi aussi.

Devant nous, Nathalie prête une oreille attentive aux propos de maman. Elle a beaucoup maigri depuis l'an dernier, mais elle a quand même l'air assez bien. Soudain, elle s'arrête de marcher, hoquetant de rire.

— Je ne peux pas croire que toi, la globe-trotter, tu te sois fait avoir si facilement ! dit-elle à ma mère.

— Que veux-tu dire ?

— Hi ! hi ! hi ! Ha ! ha ! ha ! Un festival de salsa en plein après-midi. C'est trop drôle !

Elle rit tellement que ma mère ne sait plus où se mettre.

— N'es-tu pas justement en train de rédiger un livre sur l'art de voyager sans se faire arnaquer ?

— Euh... ben oui, mais ça n'a rien à voir, réplique maman, visiblement un peu vexée.

Nathalie reprend son sérieux.

— Ne t'offusque surtout pas si je te dis ça, mais les Cubains sont loin d'être méchants, bien au contraire. C'est un peuple pacifique et d'une grande générosité, mais la plupart des gens sont très pauvres. C'est le royaume de la débrouille par ici, et chacun s'y prend comme il peut. Ceux que tu as croisés aujourd'hui rêvent seulement de pouvoir s'offrir un peu de ce que les étrangers ont l'air de posséder en abondance. Ils s'imaginent que tous les touristes ont des moyens financiers illimités et des dollars à ne plus savoir quoi en faire. Tu t'en remettras, va !

— Tu as raison, bien sûr !

12 H 20

Juste à côté de notre hôtel, nous découvrons le Parque Central, un petit parc ombragé très agréable. C'est tout de même bizarre que nous ne l'ayons pas vu ce matin ! Des mères de famille y promènent leurs bébés et des personnes âgées profitent de l'ombre que procurent ses grands arbres. C'est un genre d'oasis de tranquillité. Un gros contraste avec notre plongée dans les rues grouillantes de La Habana Vieja tout autour. Le parc débouche sur le Prado. Comme on nous l'a annoncé, c'est une longue et splendide avenue bordée d'arbres et de superbes résidences à colonnes, arches et grands balcons aux couleurs pastel. J'entends Nathalie dire que ces maisons sont de style néoclassique et datent de la fin du XIXe siècle, mais que la plupart ont été récemment restaurées.

— Ça veut dire quoi, néoclassique ?

— Le néoclassicisme est un courant artistique qui s'est surtout développé du milieu du XVIIIe siècle au milieu du XIXe environ. Il touchait principalement la peinture, la sculpture et l'architecture. Il se caractérise par une certaine pureté des lignes et...

— Ah !

— Néoclassique veut donc dire...

— Ça va. J'ai compris. Merci, m'man !

N'empêche que ces maisons sont vraiment magnifiques. Au centre de l'avenue, il y a une promenade piétonne, pavée de pierres lisses et ponctuée d'élégants lampadaires qui ont l'air tout droit sortis d'un film de la série *Harry Potter*. On peut s'asseoir sur des bancs en pierre taillée pour regarder passer les gens. Ce qu'on avait oublié de nous dire, c'est que les jeunes de la ville semblent s'y donner rendez-vous pour flâner, faire de la planche ou du patin à roulettes. C'est trop génial ! Camille et moi ralentissons le pas pour mettre un peu de distance entre nous et nos mères. Pas la peine de donner l'impression d'être encore des bébés ! Lorsque Nathalie propose de nous asseoir un moment, nous acquiesçons avec enthousiasme mais choisissons un banc éloigné de quelques mètres du leur...

— T'as vu le gars là-bas ? Il est vraiment mignon ! fait remarquer Camille.

— Ouais. Il est pas mal.

Le garçon porte un bermuda Ocean Pacific imprimé d'un motif géométrique digne des années 1990 (minimum), une camisole bien trop grande pour lui et des Nike usées à la corde, mais il est super beau avec de grands yeux noirs, des cheveux mi-longs et de belles épaules bronzées. Il tient une vieille planche qui ne doit pas rouler fort, mais il a quand même l'air cool.

— *¡Hola!*

— C'est à moi qu'il parle ? demandé-je à Camille en devenant aussi rouge qu'un poisson dans son bocal.

— Il te dit salut !

— Ça, je sais bien…

— Ben, réponds.

Le garçon me regarde en souriant de toutes ses dents et en hochant la tête d'un air encourageant. Comprenant sans doute que nous ne sommes pas d'ici, il passe à l'anglais.

— *Where do you come from ?*

Encore ! Au moins celui-là n'approche pas les cent ans d'âge, comme les bonshommes de ce matin…

— Euh ! Québec…

— *¿Canada? Oh ! Good ! May I sit with you ?*

Il demande s'il peut s'asseoir avec nous. Trop cool !

— Euh ! Oui. Je veux dire *sí*. Euh, *yes !*

Lamentable ! Les mots se bousculent dans ma bouche. Le garçon, qui ne paraît pas intimidé le moins du monde, s'assied entre Camille et moi avant de poursuivre :

— *What's your name ?*

— *Me llamo Camila,* répond mon amie, en hispanisant son prénom, *y mi amiga se llama Julietta.*

— *¡Hablas muy bien español!* la complimente le garçon. *Me llamo Rodrigo.*

— *¡Mucho gusto!* dit Camille.

Moi, je reste muette, la bouche entrouverte comme si je m'étais RÉELLEMENT transformée en poisson rouge. (Pitoyable...)

—*¿Estan en La Habana por cuanto tiempo?*

Il demande pour combien de temps nous sommes à La Havane.

—*Algunas semañas,* répond Camille, c'est-à-dire quelques semaines.

Je ne sais trop si je suis soulagée que l'attention du garçon se soit déplacée vers Camille ou si j'envie cette dernière d'être aussi à l'aise. Le fait est que j'ai plutôt l'habitude de passer inaperçue, alors... Camille, elle, est si jolie avec son teint foncé et l'abondante chevelure noire et très frisée qu'elle a héritée de son papa. Et puis, elle a toujours été moins timide que moi. Pas étonnant que ce gars la préfère. *OMG!* Suis-je anormale? Serai-je un jour à l'aise avec un garçon? Suis-je condamnée à avoir l'air d'une cruche jusqu'à la fin des temps? Ça vous arrive de vous demander la même chose, vous?

—*¿Y tú, Julietta?*

—Hein? Quoi?

—*¿Cuánto tiempo vas a quedarte aquí?*

—Il demande combien de temps tu vas rester.

—Ouais, je sais. *Una semaña,* dis-je en rougissant de plus belle.

Il tend la main vers moi et prend une mèche de mes cheveux entre ses doigts.

—*Eres muy linda, Julietta. Me gusta tu pelo.*

—Il dit que...

—J'ai compris, merci, Camille. *Pelo* signifie cheveux. Euh! *Muchas gracias,* murmuré-je en souriant timidement, mais sans vraiment regarder le garçon dans les yeux.

Maudite timidité! En voilà un qui dit qu'il aime mes cheveux et je ne sais pas quoi répondre. Pour couronner le tout, je sens des coulisses de sueur me dégouliner sous les aisselles. On n'avait pas autre chose à faire, nous? J'ai des fourmis dans les jambes, là! Pour me donner une contenance, je baisse les yeux, faisant mine de regarder quelque chose de passionnant sur le sol. Ce faisant, je réalise que les semelles des Nike de Rodrigo ne tiennent au reste des chaussures que parce qu'elles sont attachées avec de la ficelle. Il n'a vraiment pas l'air chic. Tant qu'à porter des trucs pareils, il ferait mieux de les jeter et de demander à sa mère de lui en acheter des neuves. À moins qu'elle ne soit trop pauvre. Moi, ma mère, je crois qu'elle aimerait mieux mourir plutôt que de me laisser sortir mal chaussée. Il faut dire que les souliers, c'est son point faible. Elle les collectionne! Mais je suis vraiment triste pour ce garçon parce qu'il est plutôt gentil.

Hein ? Je sursaute lorsqu'il pose sa main sur la mienne. Eille ! Ils sont donc ben vite en affaires, les gars de La Havane !

C'est ce moment que choisit ma mère pour intervenir.

— On y va, les filles ?

Debout près de nous, elle a l'air pressée tout à coup. J'ai toujours admiré le sens du *timing* de ma génitrice…

— *Ciao, Rodrigo,* lance Camille, en faisant un signe d'adieu.

— *Ciao, guapa,* répond l'effronté.

13 H 30

Au bout du Paseo del Prado, on arrive à la mer et là, il y a un château. Construit au début de la colonisation espagnole, le Castillo de San Salvador de la Punta est entouré d'une forteresse érigée pour protéger la ville des envahisseurs, boucaniers français et corsaires anglais, à l'époque où l'île appartenait encore à la couronne espagnole. C'est du moins ce que dit le guide touristique que maman a sorti de son sac à main. Wow ! Comme j'aurais voulu vivre à cette excitante époque ! Je veux dire, s'il y avait eu des toilettes modernes et du papier…

Le château abrite aujourd'hui un musée naval et aussi un très joli phare. Devant le *castillo*, il y a des canons, comme ceux que l'on peut voir dans le Vieux-Québec, près du Château Frontenac. La forteresse marque le point de départ du Malecón, une autre promenade longeant la mer sur huit kilomètres ! Je voudrais bien m'y balader, mais le soleil tape si fort à cette heure-ci que nos mères déclarent qu'il n'est pas prudent de marcher sans chapeau et qu'il vaut mieux rebrousser chemin sur le Paseo del Prado, « qui est si agréablement ombragé ». Faudrait peut-être penser à prendre bientôt une bouchée aussi. Je meurs de faim !

— Nous aurons le temps de revenir voir la mer. Possiblement demain, annonce maman.

— Je l'espère bien ! On est dans le Sud pour ça, me semble !

14 H

De retour au Parque Central, Nathalie attire notre attention sur le Capitolio, qui est tout près. Des échafaudages l'entourent et je comprends qu'il est en rénovation. Une fois rendue au pied de l'édifice, je constate qu'il est ÉNORME ! Il est beau. À mon avis, il est plus gros que l'hôtel du Parlement, à Québec. Il est coiffé d'un gigantesque dôme qui lui donne vraiment fière allure.

—Il semble que les architectes se soient inspirés non seulement du Capitole, situé à Washington, mais également de la basilique Saint-Pierre, à Rome, mentionne ma mère, très sérieuse, qui tient toujours son guide touristique à la main. En langage architectural, il combine l'élégance du style néoclassique à des éléments Art déco. Génial, non ?

—Tu vas en parler dans un article, m'man ?

—Évidemment, chattounette !

—Mais dis-moi, c'est quoi au juste la basilique Saint-Pierre ?

—C'est le plus important édifice religieux que compte la religion catholique à Rome, ma Juliette.

—Ah ! Et c'est si important de le savoir ?

—Ben, oui, acquiesce maman après un moment d'hésitation.

Même après treize ans auprès d'elle, ma mère demeure pour moi une créature bien mystérieuse. Elle attache parfois de l'importance à des choses qui me semblent si dérisoires ! Sans compter qu'elle a parfois des goûts vraiment bizarres... Comme cette étrange attirance pour tout ce qui est musées et vieilleries. Est-ce que toutes les grandes personnes deviennent aussi... exténuantes à vouloir tant en montrer, tout le temps, à leurs enfants, sans jamais faire de pause ?

Devant l'entrée principale du Capitolio, il y a un immense escalier et, tout en haut, une statue. Plutôt jolie, je l'avoue.

— C'est la Statue de la République, dit Nathalie. Elle a été coulée à Rome, en Italie, puis transportée jusqu'ici où elle a été recouverte de feuilles d'or de vingt-deux carats. Il paraît qu'elle pèse quarante-neuf tonnes et que c'est une des plus grandes statues qui soient au monde.

— Ça alors ! s'exclame Camille. Quelles sont les autres ?

— Aucune idée !

— La plus haute est le bouddha du Temple du Printemps, en Chine, affirme ma « je sais tout » de mère.

— Ah bon !

Nathalie nous emmène faire le tour du Capitolio.

— Je vous conduis derrière le bâtiment, *calle* Industria, au coin de la *calle* Barcelona, dans un *paladar*, explique-t-elle.

— Un quoi ? demande maman.

— Les *paladares* sont de petits restaurants familiaux. Ils sont tenus par des particuliers plutôt que par l'État. Vous avez faim, il me semble, et puis...

Elle prend le ton de la confidence.

— … il paraît que cet endroit est parmi les plus charmants qui soient, en ce moment, à La Havane, et j'ai quelqu'un à vous présenter…

Devant mon regard interrogateur, Camille a la gentillesse de préciser :

— T'inquiète pas, il ne s'agit pas d'un conservateur de musée à la barbe dégoûtante, mais de mon oncle Raoúl Delgado, le frère de mon père. Il vient d'ouvrir ce petit restaurant avec un ami français. Il paraît que c'est vraiment très cool !

14 H 15

Le Siá Kará Café me plaît tout de suite. Wow ! Sur la façade s'ouvrent d'immenses portes-fenêtres habillées de draperies blanches qui descendent jusque sur le trottoir. C'est vraiment *hot !* Je me pâme déjà sur l'intérieur, décoré comme un immense loft. Un peu dans le style new-yorkais ou parisien, à moins que ce soit plutôt romain. Des banquettes et des coussins colorés sont installés partout, et j'ai l'impression de me trouver dans le décor bohème d'un film exotique. Je me demande si des stars fréquentent cet endroit… Sûrement !

Au milieu de la salle, on voit un piano et, posés à côté, un violoncelle et un étui à guitare.

En entrant, c'est l'effusion. Un homme, que je suppose être l'oncle de Camille, se jette littéralement sur nous!

—*¡Nathalia! ¡Camila! ¿Como estan, guapas? ¡Tanto tiempo sin verlas!*

Je ne crois pas me tromper en affirmant que quelques larmes perlent à ses yeux lorsqu'il étreint mon amie et sa mère, déplorant le temps qui s'est écoulé depuis qu'il les a vues. Dans la foulée, il nous enlace aussi, maman et moi. Comme il n'y a que des femmes dans ma famille, en comptant ma mère, ma grand-mère et mes grands-tantes, Étiennette et Gilberte, ça me fait tout drôle...

15 H

Attablées devant une multitude de plats, Camille, Nathalie, maman et moi nous régalons. Les bananes plantains, ça vous dit quelque chose? Il s'agit d'une variété de banane non sucrée qui se mange frite. Avec du sel, c'est encore plus délicieux que des patates frites! J'ai choisi ce plat en entrée. En guise de plat principal, j'ai une ÉNORME brochette de poulet, tandis que Camille (ou plutôt Camila, comme c'est là) a choisi de la langouste. Ça, c'est un crustacé qui ressemble à s'y méprendre à du homard, sauf qu'il n'a pas de pinces (le pauvre, je me demande comment il fait pour se défendre…). Maman a pris une sorte de poisson dont j'ai oublié le nom, mais elle n'arrête pas de dire que c'est bon, tandis que Nathalie dévore la plus grosse salade que j'ai jamais vue. Le riz qui accompagne la plupart de nos plats est le meilleur que j'ai jamais mangé, et j'ai l'eau à la bouche rien qu'à penser au dessert : de la crème glacée arrosée de *dulce de leche*, un caramel fait avec du lait. Miam miam ! Et en plus, le chef qui travaille pour l'oncle Raoúl n'y va pas de main morte avec les portions !

— C'est tout à fait typique de Cuba, ce type d'assiette, précise Nathalie.

— En tout cas, c'est l'un des meilleurs repas que j'ai mangés depuis longtemps, affirme ma mère.

— C'est juste 'ommage qu'ils ne fassent pas de… 'paghettis, dis-je la bouche pleine. 'e 'eux avoir une autr' assiette de 'ananes 'rites ?

— Pas aujourd'hui, ma chouette, répond Nathalie, tu risquerais de te rendre malade. Mais tu pourras en commander de nouveau demain, c'est promis.

J'espère bien ! Pour une fois que j'aime un truc presque autant que mon plat préféré !

15 H 30

L'oncle de Camille est très sympathique. À ce qu'il paraît, il est architecte. Pour lui, le restaurant n'est qu'un à-côté. Il n'est pas marié. Quant à son associé, le Français, maman se pâme littéralement d'admiration pour lui, mais il fait mine de ne pas s'en apercevoir. Il s'appelle Antoine, bien que tout le monde l'appelle Tonio. C'est vrai qu'il n'est pas trop laid, il est même assez gentil, mais il n'a plus de cheveux sur le haut de la tête et je n'aimerais vraiment pas avoir un chauve pour beau-père. En plus, il n'arrête pas de se moquer de mon accent québécois ! Je trouve cela drôlement impoli ! Mais pour qui se prend-il, ce « maudit Français » ? Maman me dit tout bas que c'est juste pour me taquiner, mais je le trouve quand même un peu… disons sans-gêne.

Et puis, j'avoue que je me sens surtout mal à l'aise quand maman a l'air de trouver quelqu'un à son goût. L'idée qu'elle puisse un jour tomber amoureuse m'effraie. Espérons que ce ne sera pas pour cette fois…

16 H

Au beau milieu de notre repas, tandis que l'oncle Raoúl et Antoine nous font la conversation, le cuisinier, qui a un moment de répit, s'installe au piano. Il joue un air très joli quoique un peu mélancolique, puis se met à chanter. La serveuse, qui n'a plus personne à servir, attrape une paire de maracas qui étaient posés sur le comptoir, vient le rejoindre et commence à chanter, elle aussi. Ils forment un beau couple. Je me demande ce que dit la chanson...

— À Cuba, tous les moments sont bons pour jouer de la musique, m'informe maman. Elle fait partie intégrante de la vie des Cubains.

— Tu sais comment s'appelle cette chanson ?

— Elle s'appelle *Perfidia*. C'est une chanson d'amour, ma poussinette.

Je l'aurais parié ! Les plus belles chansons parlent d'amooouuurrr ! Maman, de son côté, rit de toutes les blagues du Français, même celles qui ne sont pas drôles... Grrr !

Fort à propos, Nathalie raconte à nos hôtes notre mésaventure de ce matin avec Yolanda. Antoine se tord de rire, mais Raoúl, gêné, se met à parler rapidement en gesticulant avec une mine très émue. Comme maman et moi ne comprenons pas tout ce qu'il dit, son associé explique :

— Raoúl est réellement désolé de cet incident et souhaite sincèrement que votre matinée ne vous laisse pas une mauvaise impression. La faim tenaille beaucoup de Cubains, il faut le savoir, et sans vouloir excuser cette Yolanda, il vous assure qu'ici les gens sont généralement très pacifiques, accueillants et généreux. Je suis d'accord avec lui, naturellement.

— J'ai entendu dire que les salaires étaient très bas, c'est vrai ? s'enquiert ma mère.

—Le salaire moyen d'un travailleur cubain se situe entre l'équivalent de dix et quinze dollars par mois. Les médecins gagnent un peu plus, c'est-à-dire à peu près vingt dollars. Les plus riches sont les gens qui travaillent dans les hôtels ou les lieux que fréquentent les touristes. Juste en pourboires, ces employés gagnent parfois jusqu'à vingt pesos en un seul jour.

—C'est pas possible ! m'exclamé-je.

—C'est pourtant le cas, rétorque Antoine en se tournant vers moi. Il y a beaucoup de bonnes choses à Cuba, mais plusieurs autres laissent à désirer. L'éducation est un exemple de bonne chose. Ici, l'école est gratuite de la maternelle jusqu'à la fin de l'université, et la plupart des Cubains sont plus instruits que les gens de bien des pays. Les soins médicaux sont gratuits, eux aussi, ainsi que les médicaments. Ça non plus, on ne le voit nulle part ailleurs dans les Caraïbes.

—C'est là qu'on réalise à quel point nous sommes gâtés chez nous, remarque maman, non ?

—J'adore ce pays ! s'exclame Nathalie. Malgré les difficultés et le manque de moyens, les gens sont d'un courage et d'une ingéniosité extraordinaires, en plus d'exprimer une telle joie de vivre !

—Il est aussi intéressant de savoir que La Havane demeure l'une des grandes villes parmi les plus sécuritaires au monde, renchérit Antoine. La violence est totalement absente dans nos rues, malgré le fait que deux millions d'habitants vivent ici.

—Il y a vraiment DEUX MILLIONS d'habitants à La Havane? demandé-je.

L'oncle Raoúl hoche la tête en signe d'acquiescement.

—Et onze millions en tout à Cuba, continue Antoine. Le problème reste l'achat de nourriture ou de biens. Non seulement les marchandises sont-elles rares, mais elles coûtent très cher et il y a beaucoup de fournitures qu'une famille ne peut pas s'offrir. Les vêtements, et en particulier les chaussures, sont un exemple.

—Oh!

Je pense évidemment au garçon que nous avons rencontré sur le Prado tout à l'heure, et à ses chaussures rafistolées avec de la ficelle…

—Mais, reprend ma mère, j'avais l'impression que le gouvernement cubain distribuait gratuitement la nourriture.

—Les familles bénéficient plutôt de ce que l'on appelle la *libreta*, explique Nathalie. Il s'agit d'un carnet de ravitaillement qui leur permet de se procurer certaines denrées vitales, pour quelques sous seulement. Autour de 70% des Cubains survivent grâce à ce carnet, mais les quantités de nourriture prévues ne sont malheureusement pas suffisantes et les plats manquent de variété. Dans la plupart des cas, il ne reste pas grand-chose au bout de quinze jours et les gens vont au lit sans avoir satisfait leur appétit.

— Ça a l'air de quoi, les quantités ?

— Tu le sais ? demande Nathalie à Antoine.

— Oui. Par exemple, chaque personne a droit mensuellement à 3 kilos de riz, 2,5 kilos de sucre, 500 grammes de haricots, 250 millilitres d'huile, 6 œufs, une cuisse de poulet ou un poisson, 460 grammes de spaghettis, 230 grammes de bœuf haché. Les enfants de moins de sept ans ont en plus droit à un litre de lait par jour.

— Oh ! C'est tout ? s'exclame Camille.

— Chacun a aussi droit à un petit pain quotidien. Mais si la nourriture vient à manquer avant la fin du mois, les gens doivent se débrouiller pour acheter ce qu'ils peuvent avec ce qui reste des pesos qu'ils gagnent…

— Ayoye !

— Et les gens qui mangent ici ce soir, alors ? questionné-je.

— *Son turistas, corazoncita mia*, répond l'oncle Raoúl en me caressant gentiment les cheveux.

Et moi qui me plains du fait que le salaire de maman a diminué de moitié depuis qu'elle a abandonné son emploi d'infirmière pour devenir journaliste pigiste...

—Euh ! Camille ?

—Quoi ?

—Qu'est-ce que ça veut dire, *corazoncita mia* ?

—Ça veut dire "mon petit cœur", répond mon amie en souriant.

17 H

En sortant du Siá Kará Café, le ventre plein, je culpabilise en pensant à ceux qui n'ont pas tous les jours cette chance. Mais maman chasse ces sombres pensées en proposant à Nathalie de venir profiter de la piscine de notre hôtel.

—Après tout, les filles sont en vacances, fait-elle remarquer.

—Parce qu'il y a une piscine à notre hôtel? m'écrié-je, surprise.

—Oui. Sur le toit, poussinette !

—Gé-nial ! Hourra !

C'est vrai, quoi ! Une piscine, c'est un minimum quand on est en vacances ! Vous ne croyez pas ? ☺

17 H 30

Je ne suis pas fâchée d'avoir enfin l'occasion d'enfiler mon super minibikini Roxy couleur framboise flambant neuf ! Par contre, dans notre chambre, il fait un froid de canard.

— Je n'arrive jamais à ajuster correctement ce satané appareil à air climatisé, grommelle maman. On se croirait dans un frigo.

Je prête un autre de mes maillots à mon amie et ma mère prête un des siens à Nathalie. Puis, nous remplissons un sac de plage avec des tubes de crème solaire, des magazines et deux grandes bouteilles d'eau. La piscine est au dernier étage, c'est-à-dire au huitième. En sortant de l'ascenseur, je constate que l'endroit est presque désert, occupé seulement par deux ou trois familles avec de jeunes enfants blonds dans la pataugeoire, un couple de personnes dans la cinquantaine sous un parasol un peu éloigné et un jeune couple abondamment tatoué près de la piscine principale. Nous choisissons quatre chaises longues : sous un parasol pour Nathalie et maman, et au soleil pour Camille et moi. Un employé se précipite pour nous proposer des serviettes. Ici, pas de regards appuyés, ni de mains baladeuses, ni de « *Where do you come from ?* ». Il n'y a que des touristes et des employés à la discrétion exemplaire. L'ambiance est même un peu guindée. Pas grave, pourvu que je puisse enfin me faire bronzer...

17 H 45

Ouvrant grand les oreilles, je remarque que certains clients ont un accent très bizarre. Je me demande bien de quel pays ils viennent.

— D'Allemagne et de Russie, d'après ce que j'entends, suppose maman. Le jeune couple tatoué à côté de nous parle russe et les enfants là-bas parlent allemand.

— Aaah ouais ! Ils sont drôlement loin de chez eux alors !

À cette hauteur, la vue de la ville est époustouflante ! Dommage que certains bâtiments soient en si mauvais état. Par contre, au loin, j'aperçois un quartier près de la mer où dominent plusieurs grues dont la hauteur est impressionnante.

— C'est le quartier Miramar, m'apprend Nathalie, le quartier le plus riche de La Havane.

— Ah ouais ?

J'aimerais bien le visiter ! Plus près de nous, je reconnais le dôme du Capitolio et ses échafaudages. Il sera drôlement beau quand il sera entièrement restauré ! Juste à côté, je distingue un vieil immeuble très joli aussi, avec quatre tourelles ornées d'autant de statues qui ont l'air d'anges.

— Et cet édifice avec les quatre statues ?

— C'est le Museo Nacional de Bellas Artes. On y trouve une très belle collection de peintures d'artistes cubains.

Pas sûre d'avoir envie de les voir, mais je décrète secrètement que cet édifice est MON PRÉFÉRÉ à La Havane.

Juste en face de l'hôtel se dresse une autre très belle bâtisse aux moulures peintes en bleu.

— C'est l'Edificio Bacardí, l'ancien siège social de la compagnie Bacardí.

— Une compagnie de quoi ?

— C'est une entreprise spécialisée dans la fabrication de rhum. Elle a fait fortune à Cuba dans les années 1930, mais a quitté le pays dans les années 1950, explique Nathalie. Le bâtiment appartient aujourd'hui au gouvernement cubain et abrite des bureaux.

— Un magnifique exemple d'architecture Art déco, complète ma mère (qui ne rate évidemment jamais une occasion de donner ce type de détails, qu'on les lui ait ou non demandés…).

— C'est quoi, l'Art déco ? demande poliment Camille.

— Art déco est l'abréviation d'Arts décoratifs. C'est un courant artistique mondial très important qui concerne surtout l'architecture. Il se caractérise par la rigueur des lignes très géométriques. Tu vois celles de l'immeuble ? Il ne possède aucune courbe. Pas d'arche ni de dôme, par exemple.

— Ouais, t'as raison. Il y a beaucoup de lignes, commente Camille, un peu embarrassée par tous ces détails.

On n'en demandait pas tant… Sacrée maman ! Elle est toujours tellement… intense ! J'avoue que je l'adore quand même.

17 H 50

L'eau de la piscine est délicieuse, le soleil est bon et je suis avec mon amie Camille. Cette fin d'après-midi est absolument parfaite ! Mon objectif pour cette semaine ? Obtenir le plus beau bronzage que j'ai jamais eu et faire fureur en revenant chez nous. Finalement, ces vacances s'annoncent plutôt bien !

— Juliette, n'oublie pas de remettre de la crème solaire en sortant de la piscine.

— Oui, maman. J'veux dire, non, maman, je n'oublierai pas.

Elle me passe un tube de crème avec un facteur de protection de 65.

—Alors, vas-y, mets-en, insiste-t-elle.

—Mais maman, j'attends un tout petit peu, parce qu'avec un facteur de protection de 65, je ne bronzerai jamais.

—Justement, le bronzage est très mauvais pour la peau. Tu ne veux tout de même pas te retrouver avec des rides, hein?

—Maman, je n'ai que treize ans. Camille et Nathalie ont un tube de crème avec un facteur de protection de 30 seulement, je vais utiliser le leur. OK? Il est déjà 17 h 30 passées après tout...

—Camille et Nathalie ont la peau naturellement hâlée. Le soleil est trois fois plus fort ici que chez nous. Tu risques de brûler en moins de quinze minutes sans protection efficace.

—Mais maman...

—Cesse de rouspéter, Julieeette! Pas question de risquer de devoir te laisser dans la chambre demain parce que tu auras attrapé un monstrueux coup de soleil!

Fudge! Je retire ce que j'ai dit plus tôt. Des fois, j'échangerais ma mère pour pas cher. Il faut toujours qu'elle exagère! À contrecœur, j'attrape le tube et commence à m'enduire de crème en omettant volontairement les jambes. Pas question de rentrer au Québec avec les jambes de la couleur d'une pinte de lait ! Ma mère, qui discute déjà de tout autre chose avec Nathalie, ne se rend compte de rien. Hé hé hé...

— Vous êtes à quel hôtel, ta mère et toi ? demandé-je à Camille.

— Nous ne sommes pas réellement à l'hôtel mais chez une de mes tantes, Clara, qui tient une *casa particular.*

— C'est quoi ça, une "maison particulière" ? Vous avez loué une maison en entier ?

— Non. *Una casa particular* est une maison dont le propriétaire loue des chambres aux touristes. Ma tante Clara, qui est veuve et vit toute seule, arrondit ses fins de mois en louant trois des quatre chambres de son appartement.

— Et c'est bien ?

— Ce n'est évidemment pas aussi luxueux que votre chambre ici, et il n'y a pas de piscine sur le toit, mais c'est plutôt joli et ma tante est vraiment très gentille avec nous.

— C'est où ?

— Sur le Malecón, entre la *calle* Cárcel et la *calle* Genio. C'est à environ quinze minutes à pied d'ici.

18 H

Le jeune couple de Russes tout près de nous est à lui seul une source de distraction pour l'ensemble des usagers de la piscine. Leurs *tatoos* sont tellement étranges ! On dirait de l'écriture, mais il s'agit d'un mélange de lettres et de signes.

— C'est de l'alphabet cyrillique, me dit maman.

— “Ciri” quoi ?

— Cy-ril-li-que. C'est l'alphabet utilisé par les Russes, les Ukrainiens, les Bulgares et certaines autres cultures de l'est de l'Europe.

— Tu veux dire qu'ils n'utilisent pas le même alphabet que nous ?

— C'est ça.

— Eh ben !

J'imagine que ce sont de jeunes mariés parce qu'ils n'arrêtent pas de se minoucher[L]. À les voir comme cela, je me dis qu'ils ont environ vingt et un ans, pas plus. L'homme n'est pas très grand et il est presque aussi mince que sa copine. Il a des *percings* aux mamelons (c'est trop bizarre !) et il fume des cigares. Beurk ! Ça pue tellement, mais TELLEMENT ! La jeune femme est blonde, pourtant on voit que ce n'est pas sa couleur naturelle parce qu'elle a une repousse foncée. Elle rit fort tout le temps et, à ma grande surprise, en sortant de la piscine, elle enlève le haut de son maillot pour bronzer. Oupelaille ! On ne s'ennuie pas à Cuba ! T'sé, quand tu voudrais regarder ailleurs mais que le spectacle est si étrange que tu ne peux pas t'empêcher de jeter un coup d'œil toutes les deux minutes ?

— T'as vu ça, Camille ?

— Ouais. *Weird !*

19 H

Camille et Nathalie sont rentrées chez elles. Maman et moi, fatiguées par notre journée, nous nous détendons un peu dans notre chambre.

Pendant que ma mère prend sa douche, je lis attentivement le guide présentant les divers services de l'hôtel. J'essaie d'aller sur Internet avec mon iPod touch, mais je n'arrive pas à me connecter. Pourtant, le guide semble indiquer qu'il y a une connexion Wi-Fi dans l'hôtel. Peut-être faut-il aller dans le hall ? Je vais demander à maman de m'aider quand elle sortira de la salle de bain. Gina et Gino doivent se demander ce qu'il se passe ! Gina s'inquiète sûrement. Et puis, je me demande si je manque à Gino… Quoi qu'il en soit, il n'est pas question que je reste une semaine sans chatter avec mes amis ! Il peut se passer trois millions de choses en une semaine, et ce sera la cata si je ne suis au courant de rien.

Voilà maman qui sort de la salle de bain, une serviette autour de la tête.

— M'man ?

— Oui, ma poussinette ?

— Je ne comprends pas ce qu'on dit ici concernant la connexion Wi-Fi disponible à l'hôtel.

— Laisse-moi voir. Hum. Il semble qu'il faut aller dans le hall pour se connecter.

— J'y vais alors !

— Pas question que tu y ailles toute seule. Va prendre ta douche, nous passerons de toute façon par le hall en sortant pour aller dîner.

— Je n'ai pas tellement faim et je suis fatiguée. Faut-il vraiment encore sortir ? Pourquoi ne pas y être allées avec Nathalie et Camille ?

— Ce serait dommage de ne pas profiter de notre soirée à La Havane, et puis Nathalie et Camille devaient aller dîner chez la grand-mère de Camille. Une douche te remettra d'aplomb.

— Oui, mais je dois ABSOLUMENT parler à Gina. Elle doit s'inquiéter de ne pas avoir de mes nouvelles. Veux-tu venir avec moi juste cinq minutes dans le hall ?

— Je suis certaine que Gina a d'autres chats à fouetter que de s'inquiéter à ton sujet, alors que tu es en vacances dans le Sud. Laisse tomber, veux-tu ?

— Mais maman…

— Julieeette !

Décidément, ces vacances ne sont pas loin du véritable camp de concentration ! J'ai une mère à vendre pas cher. Vous en voulez ? Grrr…

20 H

Enfin dans le hall. Maman a proposé d'aller faire un tour « juste pour manger un p'tit quelque chose », et je n'ai pas osé m'opposer afin d'être sûre de pouvoir aller sur Internet avant. Une fois près du comptoir de la réception, je tente de me brancher sur le réseau, mais je ne comprends pas le message qui apparaît à l'écran. Ma mère (plus techno-nulle que ça, tu meurs !) n'y comprend rien non plus. J'arrive à la convaincre d'aller demander des explications au comptoir pendant que je l'attends, assise sur l'un des fabuleux sofas disposés çà et là pour les clients de l'hôtel. La plupart des gens assis ici ont une tablette ou un ordinateur portable à la main et ont l'air fort occupés à prendre leurs messages…

Ma mère revient au bout de cinq minutes en hochant négativement la tête. Voilà qui n'augure rien de bon.

— Ma pauvre poussinette, il faut acheter une carte pour pouvoir ensuite entrer son mot de passe et atteindre le réseau Wi-Fi.

— Et alors ?

— Et alors, pas question de dépenser de l'argent juste pour te permettre de discuter avec Gino et Gina. La carte coûte les yeux de la tête et je ne suis pas millionnaire. Peut-être plus tard cette semaine, OK ?

— Je ne comprends pas. Et toi, comment ferastu pour ton travail ?

— Personne n'attend de mes nouvelles d'ici la fin de la semaine. Ça nous fera du bien de décrocher. C'est l'occasion rêvée, non ?

Le mot « décrocher » ne me dit rien qui vaille. Elle blague, là, j'espère !

— Que veux-tu dire exactement ?

— Je veux dire que c'est l'occasion ou jamais de passer du temps de qualité ensemble et de nous libérer de l'esclavage de la technologie pendant quelques jours.

— Tu me niaises ?

— Pas du tout.

— Mais maman !

— Julieeette, le sujet est clos !

Ça y est, le ciel me tombe sur la tête ! C'est VRAIMENT la cata. Si c'est comme ça qu'elle envisage de nous faire passer ensemble du temps « de qualité », c'est pas fort ! Je suis certaine que les autres mères ne sont pas aussi dures que la mienne. Mes amis vont PANIQUER ! Et s'ils m'oubliaient ? Ma mère ne comprend ABSOLUMENT rien. Je vis un cauchemar ! Et si Gina se faisait une nouvelle meilleure amie ? Et si Gino se mettait à sortir avec une des sœurs Lirette ? La CATA, je vous dis !

20 H 15

Une fois sur le trottoir, nous avons de nouveau droit au cirque des parfaits inconnus qui nous dévisagent, nous jettent des « *Where do you come from ?* » ou offrent de nous renseigner, de nous vendre quelque chose ou encore de nous emmener dans leur vieille voiture, leur cyclo-pousse ou leur *cocotaxi*. Maman, qui a mis une jolie robe longue noire, a insisté pour que je porte la robe rouge qu'elle m'a achetée pour le gala sportif de fin d'année scolaire. Je n'aime déjà pas sentir tous les regards sur moi, mais avec une ROBE sur le dos, c'est encore pire ! Je me sens comme une bête dans un zoo ! Mauzusse[L] de mère contrôlante ! Mauzusse de robe ! Mauzusse d'hôtel ! Mauzusse de voyage !

20 H 20

Au moins, cette fois, ma mère semble réellement savoir où elle va. Elle m'entraîne sur la *calle* Obispo, située presque en face de notre hôtel.

— Il paraît que c'est la rue où se trouvent le plus grand nombre de jolies petites boutiques et de restaurants intéressants.

Si elle croit que j'ai déjà oublié son attitude fermée de tout à l'heure, elle se trompe ! Je suis fâchée, alors je ne réponds pas.

— Pucette ? Tu ne vas pas bouder toute la soirée, quand même !

— Je ne boude pas.

— Tu me fais quoi là, alors ?

— Je n'ai rien à dire, c'est tout. Chuis quand même pas obligée de parler tout le temps, comme toi !

— Comment ça, tu n'as rien à dire ? Je viens de te parler de boutiques. Tu n'as pas le goût de voir de quoi il s'agit ?

Évidemment, si elle me prend par les sentiments…

— Quel genre de boutiques ? ☺

23 H

De retour à l'hôtel, je m'écroule sur mon lit. J'ai tellement mal aux pieds ! Finalement, la soirée s'est plutôt bien déroulée… Je l'ai eue, ma séance de magasinage ! ☺ Maman m'a acheté un débardeur tricoté à la main en fil de coton (d'inspiration hippie, mais super tendance en ce moment), une paire de sandales en cuir et un joli sac à dos, tout en cuir brun lui aussi. Personne n'aura les mêmes à la maison ! C'est ce qui est génial avec le magasinage en voyage. Et puis, nous avons dîné dans un petit restaurant italien. Évidemment, j'ai mangé des spaghettis. J'adore les spaghettiiis ! J'en mangerais tous les jours, toute l'année, mais j'étais si fatiguée ce soir que je ne suis pas arrivée à finir mon assiette… Je ne suis pas fâchée de retrouver mon lit.

23 H 10

— Bonne nuit, pitchounette.

— Bonne nuit, ma p'tite maman d'amour que j'aime tant.

— Moi aussi je t'aime, ma poulette !

— Dis, m'man…

— Oui ?

— Tu crois que tu cesseras un jour de me donner des p'tits noms en "ette" ?

— Voyons donc ! Jamais de la vie, poussinette !

(Soupir !) Je m'endors et je rêve que je suis poursuivie par un groupe de *skateboarders* aux pieds nus qui tentent de me toucher les cheveux en me demandant : « *Where do you come from ?* » Et ma mère les poursuit en hurlant : « Ôtez tout de suite vos pattes de ma pucette ! »

Dimanche 21 juin

9 H

— Juliette, réveille-toi !

— Ouais, ouais.

Deuxième jour de notre séjour à La Havane. J'aurais donné je ne sais pas quoi pour dormir encore un peu ce matin. Le hic, quand on est en vacances avec sa mère, c'est que celle-ci a toujours mille et un projets et que la grasse matinée ne fait apparemment jamais partie de la liste…

— Nous avons une grosse journée devant nous !

Je sors la tête de sous les couvertures.

— Comment ça, une grosse journée ? On n'est pas en vacances ?

— Pas tout à fait, ma choupinette. Je dois accumuler de l'information pour mes articles, c'est comme ça que je gagne ma vie, souviens-toi. Nathalie et Camille doivent de toute façon passer nous prendre à 10 h, alors mieux vaut avoir pris un solide petit déjeuner avant. Allez, habille-toi vite !

— Tout de suite, mère !

Résignée, je saute sur mes jambes. Debout devant le fouillis de ma valise, je me gratte le sommet du crâne en bâillant. Je mets quoi pour ne pas avoir l'air d'un pichou sans trop attirer l'attention des machos ?

— On fait quoi, ce matin, tu dis ?

— On suit les traces d'Ernest Hemingway.

— Les traces de qui ?

— D'un écrivain américain célèbre qui a vécu ici, à La Havane.

(Passionnant…)

— Camille et moi pourrions peut-être rester ici et profiter de la piscine ?

— Pas question, ma choupinette, mais on aura peut-être le temps d'y aller en revenant.

— On ne va tout de même pas visiter des musées poussiéreux toute la journée ? Aura-t-on le temps d'aller à la mer ?

— Probablement pas, mais il faut voir ce que Nathalie et Camille ont prévu, elles aussi.

— Ouais… D'accord.

Je n'ai pas trop le choix, me semble… Enfin, au moins je vais passer la journée avec Camille. Je l'adore ! Elle est toujours tellement… zen !

Je finis par choisir une salopette en jeans, coupée court et savamment déchirée, une paire de Converse noire et une camisole de la même couleur. Voilà qui devrait me permettre de passer inaperçue ! Du moins j'espère…

9 H 30

Une fois dans la salle à manger, je profite du buffet. Il y a des tas de bonnes choses à manger : des gaufres, des crêpes, des croissants, des chocolatines, de la salade de fruits. Maman préfère se faire préparer une omelette aux champignons. Beurk ! Les choses que mangent les adultes ! Je me demande ce qu'il y a de bon dans les champignons… Une fois sa première assiette avalée, elle retourne au buffet pour prendre des crêpes. Me semblait aussi… Le repas terminé, je me sens si pleine que j'ai peine à mettre un pied devant l'autre.

— Nathalie et Camille doivent venir à quelle heure ?

— À 10 h.

Je regarde mon iPod touch.

— Il n'est que 9 h 50.

— Je sais, mais il faut remonter. J'ai laissé quelque chose dans la chambre.

— Quoi ?

— Un sac que j'ai préparé pour la famille du père de Camille.

— Hein ? Quel genre de sac ?

— Des vêtements et d'autres affaires. Viens !

De retour dans notre chambre, maman montre du doigt un grand sac qu'elle avait laissé par terre après avoir vidé sa valise. Je l'entrouvre et réalise que dedans sont entassés des vêtements nous appartenant à toutes les deux. Je l'interroge du regard.

— J'ai apporté des habits que tu ne portes plus, ainsi que plusieurs choses qui ne me vont plus depuis que j'ai pris quelques kilos, afin de les offrir à la famille du père de Camille. Elle a de nombreuses tantes et encore plus de cousines, tu sais. Nathalie dit qu'ils manquent de tout, par ici. C'est pour ça que j'ai également mis dans le sac de l'aspirine, du désinfectant, quelques boîtes de pansements et d'autres articles qui sont difficiles à trouver à Cuba.

— Tu as mis des chaussures aussi ?

— Oui. D'après Nathalie, c'est l'un des besoins les plus criants.

J'avais remarqué, oui. Un coup d'œil supplémentaire à l'intérieur du sac me permet de constater qu'il y a la paire de Nike vert lime qu'elle m'a achetée lors des soldes de janvier et que je déteste tellement que j'ai refusé de les porter tout l'hiver. Voilà qui est une bonne chose ! Je ne peux m'empêcher de penser au garçon que Camille et moi avons rencontré hier, sur la promenade *del Prado*... Dommage qu'il s'agisse de chaussures de fille !

— Veux-tu prendre l'appareil photo, ma pucette ?

— Comment ça, l'appareil photo ? Tu disais toi-même hier qu'il faut éviter d'avoir l'air de touristes en balade.

— On peut se le permettre ce matin, étant donné que nous serons accompagnées.

— En tout cas, ce n'est pas moi qui le porte.

— Comme tu voudras.

10 H

De retour au rez-de-chaussée avec le gros sac dans les bras, je me fais la réflexion qu'il ne sera pas très commode à transporter toute la journée. Au même moment, Nathalie fait irruption dans le hall.

— Vite, les filles, mon beau-frère nous attend dans la rue avec sa voiture. C'est le sac dont tu m'as parlé, Marianne ?

— Oui, répond maman.

— Génial ! Oscar est le frère de Raoúl que vous avez rencontré hier. Il a six filles âgées entre huit et dix-huit ans. Elles ne seront pas fâchées d'avoir de la nouveauté dans leur garde-robe ! Venez !

Une fois à l'extérieur, je réalise que Camille est assise dans le véhicule décapotable le plus fantastique et gigantesque que j'ai jamais vu ! Rose bonbon, la voiture de l'oncle Oscar n'est pas neuve, mais elle a vraisemblablement été repeinte récemment et ses banquettes sont aussi larges et confortables que celles d'un… yacht. Wow ! Je monte à l'arrière avec mon amie, tandis que maman prend une demi-douzaine de photos avant de s'installer à l'avant avec Nathalie. Celle-ci fait les présentations :

— *Oscar, aquí son mi gran amiga Marianne, y su hija Julietta.* Marianne, Juliette, voici Oscar, *el tio* de Camille.

— *¡Mucho gusto!* répond ce dernier en souriant de toutes ses dents et en nous serrant la main avec enthousiasme.

Arborant de grosses moustaches amusantes, l'oncle de Camille a la mine réjouie d'un homme qui se lève tous les matins avec le sentiment que ce sera une bonne journée. Il me plaît tout de suite !

Ma mère et moi répondons en chœur :

—*¡Encantada!* (qui veut dire enchantée!)

—*¿Le gustan La Habana?*

Il nous demande si on aime La Havane, alors on répond:

—*¡Muchissimo!*

Ça veut dire «vraiment beaucoup». Trop facile, l'espagnol, non? L'oncle Oscar ne tarde pas à entamer une discussion animée avec nos mères, les complimentant au passage sur la qualité de leur espagnol. Perspicace, le tonton! C'est bien connu, les mères ADORENT la flatterie! Camille et moi serons tranquilles un bout de temps.

Curieuse d'en savoir plus sur notre destination, je me tourne vers mon amie.

—On s'en va où exactement, comme ça?

—Oscar a eu la gentillesse d'offrir de vous faire visiter la ville dans sa fabuleuse Chevrolet, répond Nathalie qui s'est tournée vers nous. On va donc faire un petit tour dans le centre puis, comme le souhaitait ta mère, nous irons visiter le musée Hemingway. Ça vous va?

—Ouais, pas trop le choix...

À mon intention, Camille hausse les épaules et lève les avant-bras, les paumes de ses mains tournées vers le ciel, en signe d'impuissance. Apparemment, ce n'est pas demain la veille que nous aurons notre mot à dire ni aujourd'hui que nous verrons la mer...

— Ernest Hemingway était un romancier américain très important, se sent obligée d'ajouter ma mère. Il a d'ailleurs reçu le prix Nobel de littérature en 1954, pour un roman intitulé *Le vieil homme et la mer*, dont il a trouvé l'inspiration ici, à Cuba.

— J'ai adoré ce roman. Il raconte l'histoire d'un vieux pêcheur cubain qui lutte pour sa vie alors qu'il tente de sortir de l'eau un énorme marlin, renchérit Nathalie.

— Ah bon, dis-je, aussi enthousiaste qu'un poisson qu'on essaie de convaincre qu'il se portera mieux dans un carré de sable.

— La maison où vivait l'écrivain est située non loin d'ici, environ quinze kilomètres au sud de La Havane, et il est possible de la visiter. Vous vous rendez compte ?

— Super...

— Mais auparavant, intervient Camille, j'ai proposé un grand tour de ville jusqu'à Miramar. Tu sais, le quartier près de la mer où tu as vu toutes ces grues lorsqu'on était sur le toit de votre hôtel hier ?

— Vraiment ? *Chill*[L] !

Une chance que mon amie est là ! En fait, je passe ma vie à me demander ce que je ferais si je n'avais pas d'amis. C'est vraiment trop vrai ! Si j'étais la seule jeune de mon âge et que je devais vivre toute ma vie entre ma mère, ma grand-mère, mes profs à l'école et monsieur Gignac, le surveillant d'élèves qui mesure deux mètres, louche d'un œil et a les bras qui lui descendent jusqu'aux genoux, je crois que je ne tiendrais pas le coup longtemps !

10 H 15

Ce matin encore, le temps est splendide. Pas le moindre petit nuage dans le ciel qui est d'un bleu comme je n'en avais jamais vu auparavant. Et puis c'est cool de rouler en décapotable ! Il ne fait pas trop chaud et on a une vue à 180 degrés des alentours. Des passants nous font même de petits saluts de la main. Maman s'en donne à cœur joie avec son appareil photo. Le hic, c'est que j'ai les cheveux dans la figure et que d'ici dix minutes, ils seront tellement emmêlés que j'aurai l'air d'une femme des cavernes.

— M'maaa-aaan ?

— Oui, pitchounette.

— T'aurais pas des élastiques dans ta sacoche, que je me fasse une queue de cheval ?

11 H

Les maisons de Miramar sont vraiment fantastiques. Le genre de villas dans lesquelles pourraient vivre des stars de Hollywood. La plupart ont de grandes terrasses offrant une vue de la mer, et j'aperçois même quelques piscines gigantesques. Beaucoup de ces résidences de rêve semblent avoir été construites récemment, et plusieurs sont en train d'être rénovées. Je me demande quel effet ça fait d'habiter un quartier pareil.

— Miramar est le quartier le plus élégant de tout le pays, explique Nathalie. Il est évidemment réservé à un très petit nombre de privilégiés.

Parlant très vite, l'oncle Oscar raconte quelque chose en bougeant les mains, l'air passionné. Malheureusement, il parle si vite que je ne comprends absolument *nada*, c'est-à-dire rien du tout. Je préférerais nettement qu'il garde les mains sur le volant, mais je suis tout de même curieuse de savoir ce qu'il dit. Gentiment, Nathalie traduit pendant que ma mère prend des notes pour les articles qu'elle écrira à notre retour.

— Oscar dit que la plupart de ces maisons ont été abandonnées en 1959 par les riches Américains qui en étaient propriétaires jusqu'à l'arrivée au pouvoir de Fidel Castro. Sur la 3e Avenue, la plus jolie maison est aujourd'hui l'ambassade de Russie. Nous allons passer devant.

— C'est qui, "Fidèle le Castro" ? demandé-je.

— Fidel Castro, répond ma mère en se tournant vers nous, est l'ancien chef du gouvernement cubain. C'est surtout le plus célèbre, puisque c'est à lui que l'on doit la Révolution cubaine. Il a quitté son poste en 2006 parce qu'il était très vieux et très malade, et c'est son frère, Raúl Castro, qui est aujourd'hui le chef de l'État.

— Y a-t-il des Cubains riches ? questionné-je encore.

— Pas beaucoup, mais certaines familles vivent très bien, en particulier dans ce quartier.

— Oh !

— Et la famille de Miguel ?

Miguel était le père de Camille.

— Quelques-uns s'en tirent mieux que d'autres, mais personne ne vit dans ce quartier.

— J'ai tellement hâte de voir mes cousins ! s'exclame Camille en se tournant vers moi avec un sourire radieux. Et de te les présenter, surtout.

— Oui, j'ai très envie de les rencontrer.

— Dis, Marianne, demande mon amie à ma mère, c'est quoi, une révolution ?

— Oh ! ma puce ! C'est un peu compliqué mais, grosso modo, c'est quand un groupe de gens qui ne sont pas d'accord avec le gouvernement d'un pays prennent le pouvoir par la force.

— C'est ce qu'il a fait, Fidel Castro ?

— Oui.

— Et c'est mal ?

— Ça dépend. Au début, les gens ici étaient plutôt contents, du moins la plupart d'entre eux. Mais plusieurs ont plutôt choisi de quitter le pays. Ça a été le cas de ton père.

— Oh ! Et maintenant ? Les gens qui restent sont toujours contents ?

— Aujourd'hui, beaucoup de Cubains voudraient pouvoir s'acheter certaines des choses que possèdent les touristes, comme des iPod par exemple, et ils n'en ont pas les moyens. Alors, ils trouvent cela injuste et ne savent plus très bien ce qui est mieux, répond Nathalie qui a soudain l'air triste. Ce sont des questions très délicates, ma puce, et elles sont difficiles à expliquer.

— Pas grave !

11 H 45

Au coin de la *calle* Veinticuatro, ou la rue Vingt-quatre, il y a un joli parc. Là, l'oncle Oscar tourne à droite pour aller prendre la 3e Avenue, puis il dit quelque chose à l'oreille de Nathalie. Après avoir consulté ma mère, Nathalie s'adresse à nous.

— Oncle Oscar propose de faire un arrêt à l'Acuario Nacional, à droite au bout de la rue, sur la 1re Avenue. Ça vous tente ?

— Ça veut dire quoi, *acuario* ? demandé-je, un peu méfiante.

— Ça veut dire “aquarium”, répond Camille en souriant.

— Et il y aura quoi là-bas ?

— Un spectacle de dauphins, révèle Nathalie.

— Oh oui ! répondons-nous en chœur.

12 H

L'Acuario Nacional de Cuba est un grand bâtiment bleu pâle où sont regroupées, dans de grands bassins d'eau, quelques centaines des innombrables espèces composant la faune marine de la mer des Caraïbes. Il n'y a pas beaucoup de visiteurs, mais des milliers de poissons multicolores, vraiment trop beaux. Il y a aussi des étoiles de mer qui remuent drôlement et de gracieux hippocampes. Jamais je n'aurais cru que la mer pouvait abriter autant de diversité ! Je suis muette d'admiration devant les méduses et je trippe comme une malade lorsque l'on me permet de prendre une tortue d'environ trente centimètres de long, DANS MES MAINS. Pas trop longtemps cependant, parce qu'il paraît que ça les stresse sinon. Heureusement que maman a pris l'appareil photo ! Mais la partie la plus spectaculaire de la visite, c'est indéniablement lorsque nous arrivons au bassin des dauphins, où ils font des spectacles. Ils sont trop trop trop mignons ! On nous laisse même leur toucher les nageoires et leur donner un bisou sur le nez ! Si un aquarium est une sorte de musée des poissons vivants, alors moi, j'adore les musées ! ☺

14 H

Quand nous regagnons la voiture de l'oncle Oscar, je suis prête à tous les compromis tellement je suis contente de ma visite à l'aquarium. En route vers le sud de La Havane, où se trouve le musée Hemingway, Camille et moi laissons notre regard divaguer sur le paysage et somnolons un peu. Camille s'endort même tout à fait. Moi, je me demande quel effet ça me ferait de vivre ici toute l'année. Évidemment, si je ne pouvais pas avoir un iPod à moi, ni même un simple lecteur MP3, et qu'en plus on n'avait pas Internet à la maison, je trouverais ça très dur, très très dur. D'un autre côté, vivre dans un pays où il n'y a jamais de neige, ça me plairait peut-être... Mais ne pas manger tous les jours à ma faim, ce serait terrible ! Avoir la possibilité d'aller à la mer tout le temps, ça doit vraiment être cool, par contre... Mais porter des gougounes à longueur d'année, je ne suis pas sûre...

— Dis, maman, est-ce que les jeunes qui vivent ici vont à la plage tous les jours ?

— Non, ma chérie. Mais plusieurs y vont tous les week-ends. Du moins, je crois...

— Hum ! Ouais.

Bon ben, je vais continuer d'y penser...

14 H 30

Nous voilà arrivés à la *Finca La Vigía,* c'est-à-dire la villa où a vécu le fameux écrivain dont ma mère et Nathalie semblent teeellement folles. Je dois avouer que la maison et le terrain sont... spectaculaires, mettons ! Ce qui est drôle, c'est que les Cubains aimaient tellement cet homme qu'ils ont apparemment laissé la propriété exactement comme elle était quand Hemingway y vivait, dans les années 1940 et 1950. Trop bizarre ! La visite n'est pas si plate que ça finalement. (Enfin, même s'il n'y a pas ici le moindre beau gars à admirer...) Afin de protéger l'intérieur de la maison (assez grande pour loger trois familles), les touristes n'ont pas le droit d'entrer, mais les portes et les fenêtres sont grandes ouvertes et on voit TOUT : une gigantesque bibliothèque constituée de milliers de livres, une salle à manger démente avec les têtes empaillées de toutes sortes d'animaux africains accrochées aux murs, et dans le bureau, une espèce de commode haute avec une machine à écrire qui a l'air d'attendre son propriétaire (là, j'ai bien cru que ma mère allait s'évanouir d'émotion). Il écrivait debout, le monsieur, à ce qu'il paraît... Il devait également être un peu alcoolique, parce qu'il y a un bar contenant assez de bouteilles pour saouler tous les citoyens cubains à des kilomètres à la ronde ! Ouache !

L'extérieur est tout aussi délirant. Il y a entre autres un grand cimetière d'animaux ! Non mais, vous vous rendez compte ? Environ cinquante chats sont enterrés là ! Ça donne le frisson ! Et dans le garage, on peut admirer le *Pilar*, le super bateau que le monsieur utilisait pour aller à la pêche au marlin, une sorte d'énorme poisson dont le poids peut dépasser les six cents kilos...

Les vieux sont parfois TELLEMENT bizarres !

— Dis, Camille, ta mère à toi, elle est bizarre parfois ?

— Bizarre, tu dis ? Ça s'dit pas. L'enfer !

Et la vôtre ?

16 H

Moi, je commence à avoir faim. Mes crêpes du petit déjeuner sont drôlement loin et mon estomac gargouille.

— M'maaa-aaan ?

— Oui ?

— J'ai faim, là.

— Moi aussi, pucette. Nous avons rendez-vous pour dîner autour de 18 h avec la famille de Camille, mais Nathalie et moi avons pensé que nous pourrions faire une halte quelque part pour boire et manger un petit quelque chose en attendant.

— Ça vous va, les filles ? demande Nathalie.

— Ouuuiii ! On va où ? On pourrait aller à l'hôtel et se baigner un peu...

(On a toujours le droit d'espérer...)

—Nathalie et moi avons plutôt pensé demander à Oscar de nous laisser dans la vieille ville, sur la *calle* Obispo, au restaurant Floridita.

—Au Flori quoi ? demande Camille.

—Floridita. C'est le nom d'un bar-restaurant où Hemingway aimait boire des daiquiris.

—C'est quoi ?

—Un cocktail à base de rhum, de glace pilée, de jus de fruits et de sucre.

—On pourra y goûter ? demandé-je.

—Jamais de la vie !

16 H 30

L'oncle Oscar nous fait descendre au coin des rues Obispo et Monserrate. Nathalie lui assure que nous saurons trouver notre chemin pour arriver à temps au repas familial, prévu plus tard au café de l'oncle Raoúl.

Depuis que nous sommes venues y magasiner hier soir, j'adore la *calle* Obispo ! Mais ce n'est manifestement pas le magasinage qui intéresse maman et Nathalie aujourd'hui. Je propose de faire « juste un p'tit tour » avant d'entrer au restaurant, mais ma proposition est rejetée. ☹ J'aurai au moins essayé…

La façade du Floridita n'a rien d'exceptionnel, sinon qu'elle est peinte en rose. Mais à l'intérieur, c'est tout autre chose. C'est chic, très chic même.

Le serveur qui nous accueille, vêtu d'un uniforme qui lui donne l'air d'un pingouin, choisit pour nous une table à proximité de la statue grandeur nature d'un homme accoudé au bar.

—Tu sais qui c'est? m'interroge maman, l'air fière de sa question.

—C'est Hemingway, je suppose.

—Bravo, poussinette!

Pas besoin d'avoir inventé la trottinette pour deviner ça, il y a des photos d'Hemingway sur tous les murs! Un autre «attrape-touristes», à mon avis. Je ne suis donc pas du tout surprise quand maman et Nathalie se mettent à pousser des petits cris en regardant la carte.

—C'est donc bien cher!

—Non mais, t'as vu ça? Dix pesos convertibles pour un daiquiri spécial “papa Hemingway” et quinze pesos pour une salade de crevettes. C'est aussi cher qu'à Québec ou à Montréal!

—De toute façon, nous sommes attendues pour dîner, alors contentons-nous de prendre l'apéro.

—Je ne peux pas avoir de spaghettis? m'informé-je.

— Et moi, un sandwich au jambon ? questionne Camille.

— Malheureusement, non.

— On fait quoi ici, alors ? demandons-nous en chœur.

— On prend vite l'apéro et on file au restaurant de l'oncle Raoúl, promis juré, affirme Nathalie.

— Et nous ?

— Nous allons vous commander des *piña coladas* sans alcool. Ça ira ?

Pas trop le choix…

Il paraît qu'il y a toujours beaucoup de monde ici en soirée mais, comme il est tôt, plusieurs tables sont libres.

— Dis, m'man, on pourrait s'asseoir à une autre table, Camille et moi ?

— Pourquoi donc vous assiériez-vous à une autre table ?

— Ben ! Pour ne pas avoir l'air de sortir avec nos mères, c't'affaire !

Toutes deux se regardent. On dirait qu'elles viennent de réaliser pour la première fois que leur descendance est entrée dans l'adolescence. C'est trop cool d'avoir treize ans !

— Euh ! Si vous voulez, accepte Nathalie.

— Pourquoi pas, après tout ? concède ma mère qui ne veut surtout pas être étiquetée « pas cool ».

Hé, hé, hé ! Contentes de pouvoir échapper quelques minutes à leur attention constante, nous choisissons une table près de la fenêtre grande ouverte. L'effet est presque immédiat ! Deux minutes plus tard, un gars un peu plus âgé que nous, passant sur le trottoir, s'approche et commence à nous parler.

— *¡Hola, mi amor! ¡Hola, guapa! ¿Qué estan haciendo?*

Il nous demande ce qu'on fait là, l'effronté. Pis lui ? Au lieu de répondre, nous feignons de ne pas comprendre et prenons le parti de l'ignorer. Las de parler dans le vide, il finit par s'en aller. Il n'était vraiment pas notre genre ! Pendant que nos mères sirotent leurs fameux cocktails, Camille et moi buvons doucement nos *piña coladas*, faisant semblant qu'il s'agit de vrais cocktails. Deux autres gars ne tardent pas à s'arrêter près de nous.

— *Where do you come from, babies ?* s'enquièrent les importuns en tendant le bras au-dessus du cadre de la fenêtre.

Et c'est reparti ! D'autres passants s'arrêtent, et nous nous retrouvons au centre d'un petit attroupement… C'est amusant, mais ça devient vite un peu perturbant. Après dix minutes de vedettariat, nous ne savons plus trop quoi répondre ni comment réagir, et c'est le serveur qui vient à notre secours en chassant les intrus et en exigeant que… nous retournions nous asseoir auprès de nos mamans. C'est parfois vraiment trop pénible de n'avoir que treize ans !

17 H

Leurs verres terminés, nos mères manifestent de toute façon leur intention de partir.

— *La cuenta, por favor,* demande la mienne en se levant.

La cuenta, ça veut dire « la note ».

— Pas question que tu paies pour nous quatre, s'oppose Nathalie, se levant aussi.

— Laisse, ça me fait plaisir. Et nous avons beaucoup de chance d'être ici avec vous deux.

— Non, non, assieds-toi et donne-moi cela.

— Il n'en est pas question, insiste ma mère.

— Montre-moi cette note tout de suite !

— J'ai dit non.

— Mais Marianne…

— Nathaliiie !

— Je…

— Le sujet est clos !

Sacrée maman ! Je me demande quel effet ça lui a fait, à Nathalie…

17 H 15

Sur le trottoir, marchant en direction du Capitolio, les mères veillent au grain. Dès qu'un garçon plus audacieux qu'un autre s'approche, elles posent une main sur notre épaule et roulent des yeux menaçants, comme pour bien marquer qui est propriétaire de nos petites personnes…

Encore une fois, je me fais la réflexion que j'aime bien marcher dans les rues de La Habana Vieja. J'aime surtout me mêler à tous ces gens que je ne connais pas et qui me semblent si différents de ceux que je côtoie habituellement. Lorsque mon regard croise celui de quelqu'un, la plupart du temps, la personne me sourit. J'ai toujours cru que dans les pays pauvres, les gens pleuraient dans les rues parce qu'ils avaient trop faim… Faut croire que j'étais dans les patates ! Je me demande comment je réagirais, moi, si je devais aller à l'école avec des chaussures usées à la corde ou un pantalon aux jambes trop courtes…

17 H 30

De l'autre côté de la rue, deux drôles de petites vieilles sont assises sur le parvis d'une église. Habillées de robes à volants et outrageusement maquillées, elles ont toutes les deux une fleur rouge dans leurs cheveux blancs et un énorme cigare au bec. Camille pouffe de rire.

—Elles fument vraiment le cigare, tu crois? demande-t-elle à sa mère.

—D'après moi, elles font semblant pour attirer les touristes.

—Oh! J'aimerais tellement prendre Juliette en photo avec elles! s'écrie ma propre mère.

—Ah non! Pas question, maman, là!

—Allons, poussinette, fais-moi plaisir. Regarde! Elles nous font signe de la main.

—Attention, Marianne, il te faudra sans doute leur donner un petit quelque chose pour les remercier.

—Bien sûr, voyons, ce n'est pas un problème. Vas-y, Juliette!

Malgré mes protestations, je finis évidemment par me retrouver assise sur le parvis de l'église, entre les deux vieilles femmes qui me refilent un cigare pour la photo. Misère! Clic, clic, clic... Non mais, de quoi j'ai l'air? Ma mère prend au moins vingt photos avant de me laisser enfin me relever. Les photos ont intérêt à être bonnes! Pour remercier mes compagnes, maman leur tend à chacune un peso.

—*No. No es bastante.*

Les deux vieilles dames hochent la tête de gauche à droite en signe de dénégation, d'un air réprobateur. Ce n'est pas assez, disent-elles.

—*Es cinco pesos convertibles cada una para tomar fotos, señora.*

—Quoi?

—Je t'avais avertie, Marianne, fait remarquer Nathalie en rigolant. Elles veulent cinq pesos chacune. Rien de moins.

Grommelant entre ses dents, ma mère reprend ses deux pesos et met encore la main dans son portefeuille pour en sortir les deux billets de cinq pesos réclamés par mes nouvelles grands-mères. Si elle continue à distribuer son argent comme ça, il faudra songer à rentrer au Canada avant la fin de la semaine!

18 H

Nous voici de nouveau au coin de la *calle* Industria, tout près du Siá Kará Café. Le son d'un piano retentit. En approchant du minuscule restaurant, dont les larges fenêtres sont grandes ouvertes, je constate qu'il y a PLEIN de monde à l'intérieur. Qu'à cela ne tienne, notre arrivée ne passe pas inaperçue, loin de là!

—*¡Camila, mi amorcita!*

— *¡Nathalie!*

Et ça continue comme ça en espagnol pendant de longues minutes :

— Regardez qui est là ! C'est la fille et l'épouse de Miguel ! Venez voir !

— Que c'est bon de vous retrouver ! Venez ici qu'on vous embrasse.

— Comme tu as grandi, Camille ! Montre-moi tes beaux yeux.

— Mon Dieu, que tu ressembles à ton papa !

— Qui sont ces deux gentilles personnes avec vous ? Ce sont des amies canadiennes ?

Presque tous les Delgado de La Havane se sont réunis pour célébrer la présence de mon amie et de sa mère, et c'est l'euphorie totale ! Il y a la grand-mère de Camille, plusieurs de ses *tias,* ses tantes, et de ses *tios,* ses oncles, et surtout une multitude de *primos y primas,* c'est-à-dire de cousins et de cousines. Camille est un peu gênée de toute cette attention, et je ne sais moi-même pas trop où me mettre, mais l'ambiance est à la fête et la musique est géniale. C'est l'oncle Raoúl qui est au piano, cette fois. Il est accompagné à la guitare par l'oncle Oscar. Une belle dame chante aussi. Camille m'apprend que c'est sa tante Clara, la propriétaire de la *casa particular* où sa mère et elle séjournent.

18 H 15

Le hic, c'est que les cousins et les cousines de Camille sont encore plus timides que moi. Ils nous regardent sans vraiment oser nous approcher. L'un de ses cousins est à peine plus âgé que nous. Je lui donne environ quinze ans, peut-être seize. Camille me confie que ses parents sont séparés et qu'il vit avec sa grand-mère et sa mère (qui a l'air d'être vraiment trop jeune pour avoir un fils de cet âge). Il s'appelle Dimitri. Drôle de prénom pour un Cubain, non ? Maman dit que les prénoms russes sont très appréciés à Cuba. Je me demande bien pourquoi… En tout cas, je le trouve mignon. Il est plutôt grand, a de beaux cheveux brun foncé, des yeux noirs perçants et une… très jolie bouche avec des lèvres bien dessinées. Je n'ose pas trop le regarder directement, mais je remarque qu'il porte un t-shirt à l'effigie de Kurt Cobain, le chanteur d'un groupe populaire dans les années 1990, et un vieux bermuda délavé. Je remarque surtout qu'il ne me quitte pas des yeux même s'il a, lui aussi, l'air intimidé. Son regard est très doux. J'ai quoi sur le dos, moi ? Ah oui ! Une salopette courte en jeans, un t-shirt noir, mes Converse et une queue de cheval. C'est la cata !

18 H 20

Je le regarde, il détourne les yeux. Il regarde dans ma direction, je fais semblant de ne pas m'en rendre compte… Après quelques minutes de ce manège, j'ai les mains moites et je prends peu à peu la couleur d'une framboise… Heureusement, il finit par se décider à briser la glace.

—*Hola.*

—*Hola.*

Je promène les yeux tout autour de moi, embarrassée mais essayant de ne pas en avoir l'air.

—*Me llamo Dimitri.*

—*Yo me llamo Julietta.*

—*¡Mucho gusto, Julietta!*

—*¡Mucho gusto!*

Ça me fait toujours drôle de dire «*Mucho gusto*» pour «enchantée». J'ai l'impression de dire: «Vous avez beaucoup de goût de faire ma connaissance.» Je réprime un fou rire nerveux. Fixant mon regard sur le sol, je réalise que Dimitri a des gougounes rouges aux pieds, un peu comme celles que portait Yolanda hier. En plus maganées[L] encore… Son regard suit le mien et je réalise qu'il ROUGIT. Oh! Je ne voulais pourtant pas le mettre mal à l'aise! Mauzusse que je suis maladroite des fois! Il a plutôt l'air gentil. Je me demande si je commettrais une sorte d'infidélité envers Gino si je m'intéressais à lui... À peine me suis-je posé la question que la réponse me saute dessus : Ben voyons, banane ! Comment pourrais-tu commettre une infidélité envers Gino puisque tu ne lui as jamais avoué que tu le trouvais à ton goût et qu'il n'a encore jamais osé faire le premier pas non plus ? Jusqu'à preuve du contraire, Gino et moi, c'est de l'amitié (très amicale), rien de plus.

Je relève la tête et souris de toutes mes dents à Dimitri. J'aurais dû mettre des gougounes, moi aussi...

— *¿Te gustas la musica?* demande-t-il.

C'est-à-dire : « Aimes-tu la musique ? »

— *Sí, me gusta mucho...*

— *¿Cuál es tu banda favorita?*

— *¿Qué?*

Je ne comprends pas tout ce qu'il dit, merdouille ! C'est l'enfer ! Que faire ? Je dois avoir l'air d'une dinde affolée parce qu'il reformule sa question, en parlant cette fois très lentement.

— *Tu grupo de musica...*

Ahhh ! Il demande quel est mon *band* favori, c'est-à-dire mon groupe musical préféré. J'ai compris ! Je suis un génie ! ☺

— *Oh! Me gusta mucho One Direction. Do you know them ?*

—*No.*

Il secoue la tête, l'air de s'excuser de ne pas connaître Harry Styles et sa gang. Bof, c'pas grave ! Ce groupe n'est presque plus à la mode de toute façon.

—*¿Y tu, cuál es tu grupo preferido?*

—*Me gustan mucho Nirvana y Ricky Martin. ¿Conoces Ricky Martin?*

—Euh ! *No. Sorry...* Ricky qui ?

Ça doit être un vieux, ce Ricky Martin, parce que Nirvana n'est pas jeune jeune non plus. Il est pas mort, Kurt Cobain ? Dimitri me sourit. Il est absolument a-do-ra-ble quand il sourit, ce gars-là ! Ses dents sont super blanches et parfaitement alignées. Ai-je correctement brossé les miennes ce matin ? Je donnerais tout pour savoir de quoi j'ai l'air en ce moment. Pas trop tarte, j'espère, parce qu'il me plaît drôlement, finalement, ce Dimitri ! Je n'aurais jamais dû me faire une queue de cheval ce matin ! Ça donne l'impression que j'ai les oreilles décollées. Je déteste mes oreilles ! Maman dit qu'elles sont mignonnes. Moi, je trouve qu'elles me donnent surtout l'air d'être la petite sœur de Dumbo !

18 H 45

Comme il n'y a pas assez de tables et de chaises pour tout le monde, il est décidé que les plus jeunes s'installeront sur les grands sofas disposés en « U » au fond de la salle. Super idée ! Je me retrouve avec Camille à ma gauche et Dimitri à ma droite. Cinq des six filles de l'oncle Oscar sont là aussi. La plus jeune a huit ans et ne quitte pas Camille d'une semelle. Toutes les deux ont la même chevelure et se ressemblent étrangement, sauf que la petite est particulièrement maigrichonne. Je suis émue lorsque je réalise qu'elle porte un de mes anciens shorts en jeans et des sandales blanches que maman m'a achetées quand j'avais neuf ans et que j'ai beaucoup aimées. Elles sont trop grandes pour la petite, mais celle-ci semble particulièrement heureuse de les avoir aux pieds. Le comble, c'est quand je réalise qu'une de ses sœurs plus âgée porte mes affreuses Nike vert lime avec tellement de fierté que je ne sais pas trop si je dois rire ou être contente pour elle. Maman a sans doute eu une bonne idée d'apporter tout cela, en fin de compte. Ça me donne à réfléchir, en tout cas…

19 H 45

On s'amuse follement, vraiment! Dimitri, Camille et moi n'arrêtons pas de placoter[L] dans un mélange de « franglaispanish » ! C'est drôle et, en ajoutant des gestes, on comprend tout et on rigole beaucoup, même la bouche pleine. Après avoir avalé plusieurs beignets de poisson, autant de pointes de pizza et une grande assiette de *plátanos,* j'ai l'impression d'être sur le point d'éclater. Mais il y a des flans au caramel pour dessert... Miam, *qué bueno !*

20 H 15

Plusieurs autres musiciens se sont joints à Raoúl, Oscar et Clara, dont le beau Dimitri. Je suis totalement sous le charme. Il chante et joue divinement bien de la guitare ! Bon, d'accord, ce qu'il chante sonne un peu vieux jeu, mais c'est tout de même joli. Je ne sais pas de quoi ça parle, mais j'ai l'impression d'entendre le mot « magané » tout le long de la chanson. Je retiens un fou rire. Pas question d'avoir l'air crétine ! Lorsque je raconte à Camille ce que j'entends, elle n'arrive plus à entendre autre chose et pouffe de rire. Ça y est, je ne parviens plus à me retenir ! Nous nous tordons de rire en nous tenant les côtes. J'espère que

Dimitri ne va pas imaginer qu'on se moque de lui ! *OMG !*

C'est fou ce que je m'amuse. J'aimerais emprunter une paire de maracas pour accompagner Dimitri, moi aussi, mais je suis tellement gênée… D'après Camille, les vraies paroles de la chanson donnent à peu près ceci :

De Alto Cedro voy para Macané
Luego a Cueto voy para Mayarí
De Alto Cedro voy para Macané
Luego a Cueto voy para Mayarí
De Alto Cedro voy para Macané
Luego a Cueto voy para Mayarí

El cariño que te tengo
Yo no lo puedo negar
Se me sale la babita
Yo no lo puedo evitar

Cuando Juanita y Chan Chan
En el mar cernían arena
Como sacudía el 'jibe'
A Chan Chan le daba pena

Hilarant ! Camille dit qu'en vrai, ce n'est pas si drôle et que ça raconte qu'ils vont de Alto Cedro vers Macané, puis de Cueto à Mayarí et qu'il y a une fille qui s'appelle Juanita et un garçon nommé Chan Chan. Avouez qu'entre « macané » et « magané », y a pas une grosse différence. Le fou rire me reprend ! Oh là là ! Je prends une grande respiration en surveillant Dimitri du coin de l'œil. Il me sourit et a l'air de trouver ça comique lui aussi.

Avant que j'aie pensé lui poser la question, maman m'apprend que la chanson s'appelle *Chan Chan* et qu'elle a été popularisée par un groupe très réputé, Buena Vista Social Club. Pas certaine qu'il soit si connu, parce que je n'en ai personnellement jamais entendu parler…

— Et Altro Cedro, Macané, Cueto et Mayarí sont de petites villes autour de Santiago, dans l'est de Cuba, ajoute Nathalie.

— Cool !

La chanson terminée, Dimitri se met à son tour au piano. Il a tous les talents, ce garçon ! J'aime bien le piano. En fait, lorsque j'étais petite, j'ai pris des leçons pendant cinq ans. À l'époque, je trouvais ça barbant et je me plaignais tout le temps. Maintenant que je ne prends plus de leçons, ça me manque parfois. Ma prof était très douce et très gentille. Elle s'appelait Ivana et venait de la Serbie. Je reconnais tout de suite le morceau que joue Dimitri parce qu'Ivana me l'a appris, justement. Il s'agit de *Pour Élise,* une pièce que Beethoven a composée pour sa sœur, euh, Élise ! Dimitri la joue pas mal mieux que moi, par contre.

— Tu joues très bien, Dimitri, lui dit ma mère en espagnol. *Julietta* peut elle aussi jouer cette pièce.

LA BOMBE !

— *¿Verdad?*

Semblant intéressé, Dimitri s'est immédiatement arrêté de jouer pour se tourner vers moi. Je ne peux pas croire qu'elle m'a fait ça ! Il fallait que ma mère trouve le moyen d'attirer l'attention sur moi alors que nous sommes dans un restaurant plein de gens que nous connaissons à peine ! Grrr ! En attendant, Dimitri me fait de grands signes et m'invite à venir jouer avec lui en souriant de toutes ses adorables dents.

— *¡Ven a tocar conmigo, Julietta!*

Je hoche la tête de droite à gauche avec vigueur et articule à grand-peine :

— *No, no. Gracias. No puedo.*

— Si, tu peux. Viens, s'il te plaît, rétorque-t-il en espagnol avec l'air engageant.

« Noooon, pas ça. Je t'en prie ! » supplié-je en pensée.

— Vas-y, Jules, c'est cool ! dit Camille avec un sourire. C'est vrai que t'es bonne !

Je lui jette un regard meurtrier. Mon amie ne va pas s'y mettre, elle aussi !

— Mais oui, pourquoi pas ? insiste ma mère.

— Ça fait au moins trois ans que je n'ai pas joué, m'man, voyons ! dis-je, en cherchant des yeux l'appui de Nathalie.

— Je suis certaine que ça te reviendra vite, répond cette dernière, anéantissant mon dernier espoir. Allez, ne te fais pas prier !

Décidément, tout le monde est contre moi ! Les conversations se sont arrêtées et la famille de Dimitri me regarde avec l'air de me reprocher de ne pas bouger. Ai-je le choix ? Je me sens rougir de la racine des cheveux jusqu'au bout des orteils. J'ai chaud, des sueurs froides me coulent dans le dos, j'ai les mains moites et je ne sais plus où regarder. *OMG !* Que quelqu'un me vienne en aide !

— Viens t'asseoir près de moi, m'invite doucement Dimitri, qui semble avoir finalement pris conscience de mon embarras.

Se poussant à l'extrême gauche du banc, il montre de la main la place libre à côté de lui, un sourire rassurant sur les lèvres. Rouge comme un poinsettia de Noël, je me lève et m'assieds près de lui.

— Connais-tu cette pièce ? demande-t-il en jouant les premières mesures d'une autre mélodie.

Je la reconnais tout de suite. C'est *L'hymne à la joie* de Beethoven. Ma préférée entre toutes, et la première pièce que ma prof m'a apprise ! Je souris à Dimitri et pose mes mains sur le clavier. Je n'ai plus joué à quatre mains depuis l'époque où Ivana venait à la maison deux fois par semaine. J'appuie sur les touches. Timidement d'abord, puis avec un peu plus d'assurance au fur et à mesure que Dimitri m'encourage. On dirait que ça revient tout seul ! Qu'est-ce que ça peut être amusant de jouer ! J'oublie ma timidité, j'oublie la famille derrière moi et je ne pense plus qu'au plaisir de mes mains sur les touches. Dimitri peut jouer bien mieux que moi, mais il s'adapte à mon rythme et j'ai presque l'impression de n'avoir jamais arrêté de m'exercer !

21 H

Tout le monde ayant terminé de manger, la tante Clara suggère que nous allions tous nous promener pour digérer. Antoine décline l'invitation parce qu'il doit rester s'occuper du restaurant. Maman ne semble pas trop déçue… Pauvre tite maman ! La vérité, c'est que « Tonio » n'a vraiment pas l'air intéressé. Ça m'est arrivé en première secondaire, je sais ce que c'est ! J'avais le béguin pour Nico qui ne regardait que Gina qui, elle, aimait Vincent, qui ne s'intéressait qu'aux sœurs Lirette qui couraient après Gino. Le drame ! Ce soir, c'est bien différent, évidemment, et je suis ravie d'aller marcher, puisque Dimitri vient aussi... Quelle magnifique soirée ! Quelle fabuleuse journée !

21 H 15

L'air est doux et parfumé, et c'est bon de se balader tous ensemble. Maman, Nathalie et moi passons dorénavant inaperçues, perdues que nous sommes au milieu du groupe formé par la famille du père de Camille. Personne ne me demande plus : « *Where do you come from ?* » J'ai l'impression de m'être transformée en « vraie » Cubaine et de faire, moi aussi, un peu partie de la parenté... Je trouve cela très réconfortant. J'envie Camille d'avoir tant d'oncles, de tantes et de cousins. Tout naturellement, Dimitri s'est placé entre Camille et moi. Il sent bon, je trouve. Hum ! Notre petit groupe va d'abord rejoindre le Paseo del Prado. Plusieurs autres familles arpentent aussi l'élégant trottoir ou profitent des bancs de pierre. Je regarde de tous les côtés, pensant peut-être revoir Rodrigo, le garçon que nous avons rencontré hier. Je crois l'apercevoir quand un petit groupe de *skaters* passe à côté de nous, mais il n'est finalement pas parmi eux. Ce n'est pas grave...

Au bout du Paseo, nous rejoignons le Malecón. Là, il y a vraiment foule ! Au coucher du soleil, la promenade au bord de l'eau semble être le lieu de rassemblement privilégié de tous les *Habeneros*. Les mamans poussent des landaus tandis que les papas jouent avec les enfants plus grands. Certains se lancent une balle, d'autres dégustent tranquillement de la crème glacée. Des couples d'amoureux de tous les âges se regardent dans les yeux et, çà et là, quelques hommes, canne à pêche en main, semblent tenter d'attraper leur petit déjeuner de demain matin. Il y a quelques ados à vélo. Le soleil couchant accentue les couleurs pastel des façades des immeubles qui me paraissent encore plus magnifiques qu'hier.

22 H

Dimitri, Camille, Gladys (la cousine de huit ans qui porte mes sandales blanches) et moi marchons tous les quatre un peu en retrait des autres. Pour nous amuser, Dimitri nous dit quelques mots en russe, étant donné qu'il l'a appris à l'école. (Par exemple, bonjour se dit *privet* ou quelque chose du genre. Enfin, c'est pas facile, mais on rigole fort.) Ce garçon me plaît décidément beaucoup. Il est peut-être mal chaussé, mais il est drôle, tendre et intelligent. Dommage qu'il habite si loin de chez moi… Il se dégage de lui un mélange de joie de vivre, de calme, d'humour et de grande gentillesse. Et puis, il est DRÔLEMENT beau.

Je réalise que je n'ai à peu près pas pensé à Gino et Gina depuis vingt-quatre heures. Ce n'est pas que je ne les aime plus, non. Ils seront toujours mes meilleurs amis à vie, mais je me sens tellement bien ce soir, avec Camille, Gladys et Dimitri… De temps en temps, Camille me jette un regard qui en dit long. Je crois qu'elle s'est aperçue que j'ai un petit béguin. Bof ! C'pas grave… De toute façon, on ne reste à La Havane que trois jours, alors… il ne peut rien se passer vraiment ! Maman aussi me regarde avec un petit sourire en coin. Qu'est-ce que ça m'énerve quand elle a l'air de savoir ce qu'il se passe dans ma tête !

22 H 30

La petite Gladys tient la main de Camille. À un moment donné, je sens quelque chose de doux effleurer la paume de la mienne. C'est la main de Dimitri. Il a la peau drôlement douce pour un garçon ! Je ne sais pas trop comment réagir, et je n'ose plus le regarder, mais je laisse mon bras ballant et ma main bien ouverte. Il continue à parler comme si de rien n'était puis, au hasard d'une phrase, il saisit résolument mes doigts pour me tirer vers lui.

—*¡Mira Julietta¡* me dit-il en montrant la mer vers la ligne d'horizon, ma main dans la sienne. *De aquí, cuando el tiempo esta claro, se puede vers la ciudad de Miami.*

Il dit que quand le temps est clair, on peut voir d'ici la ville de Miami.

—Vraiment ? Euh ! *¿Verdad?*

—*¡Sí, guapa!*

Il m'a appelée *guapa* et mon cœur s'est mis à battre plus vite. Je me demande ce que je ressentirais s'il m'embrassait...

23 H 30

Les oncles, tantes, cousins et cousines nous quittent progressivement pour rentrer chez eux. La plupart habitent dans les rues non loin du front de mer. Nous avons marché au moins dix kilomètres et c'était magique. Vraiment ! De retour en vue du Castillo de San Salvador de la Punta, nous croisons la *calle* Genio. C'est au coin de cette rue que se trouve la *casa* de la tante Clara, chez qui logent Nathalie et Camille. Nous avons tellement marché aujourd'hui que je ne crois pas que mes pieds pourront me porter plus loin. Quoique, si Dimitri me tient fort la main...

L'oncle Horacio, le plus âgé des oncles de Camille, demeure dans le quartier Vedado, beaucoup plus loin. Comme il a laissé sa vieille Lada dans la rue en face de la maison, et qu'il doit raccompagner chez eux Dimitri et sa mère ainsi que la grand-mère, il propose gentiment de nous déposer également, maman et moi. Devant la porte de la *casa particular* « Casa Malecón Habana », au numéro 59, nous faisons nos adieux à nos amies. Enfin, jusqu'à demain matin…

— On vous retrouve à 10 h ? propose Nathalie.

— Nous serons là sans faute, accepte maman.

— Bonne nuit, Camille !

— Dors bien, Jules ! À demain !

Voyant que je pars avec Dimitri, Camille me fait un clin d'œil un brin moqueur. Je sens le rouge me monter aux joues. Mauzusse de Camille ! Elle n'en manque pas une.

— Ouais, c'est ça. À demain…

23 H 45

Dans la voiture de l'oncle Horacio, c'est un peu le malaise. Je suis assise sur la banquette arrière, entre ma mère et Dimitri. Vous voyez le portrait ? La Lada de l'oncle Horacio, qui n'est décidément plus de la première jeunesse, est bien plus étroite que la Chevrolet de l'oncle Oscar. Mon épaule gauche est tout contre l'épaule droite de mon ami et sa cuisse est appuyée sur la mienne. Si je tourne la tête pour lui parler et qu'il fait de même, nos deux nez risquent d'entrer en collision. Lorsqu'il tente de me prendre la main de nouveau, j'ai si peur de la réaction de maman que je m'empresse de croiser les bras. On ne va tout de même pas jouer les p'tits couples devant sa mère, la mienne, la grand-mère et l'oncle Horacio ! Euh…

23 H 50

La Lada fait un bruit bizarre. Et il fait drôlement chaud là-dedans ! On dirait que le moteur de la voiture tousse et qu'il risque de rendre l'âme avant le prochain coin de rue ! Toute collée contre Dimitri, je me sens ramollir et je me surprends à imaginer encore l'effet que ça me ferait si ses lèvres touchaient les miennes. Hum… Chaque fois que j'inspire, je sens son odeur et j'aime bien… Non mais, qu'est-ce qui m'arrive ? Il est surtout temps que je prenne de l'air frais, je crois ! Lorsque la voiture s'arrête enfin devant l'hôtel Parque Central, je ne suis pas mécontente d'en descendre. Ma mère m'ouvre le passage, puis Dimitri me retient doucement le bras pour me dire au revoir. Soudain, j'ai peur qu'il tente de m'embrasser. Moment de panique ! Son oncle, sa grand-mère et sa mère nous regardent, là ! En est-il conscient ? Je lui fais rapidement une bise sur la joue et je me précipite vers la porte avant qu'il n'ait le temps de réagir. Tout ce que je veux, c'est sortir de cette voiture.

23 H 51

Oups ! En essayant de sauter sur le trottoir, je perds pied et m'étale de tout mon long. J'en pleurerais. Le nez collé au sol, je me sens idiote, incompétente, malheureuse comme une peau de banane. C'est tout à fait moi de rater ma sortie ! Pour ajouter à mon embarras, Dimitri s'empresse de sortir de la Lada pour m'aider à me relever.

— *¿Estas bien, Julietta?*

Il demande si je vais bien... J'ai tellement HONTE ! Je voudrais lui dire quelque chose pour le remercier, mais comme je ne maîtrise pas bien l'espagnol, aucune parole intelligente ou inoubliable ne me vient à l'esprit.

— Oui. Be-byyye !

C'est tout ce que je trouve à répondre avant de lui tourner le dos et de m'enfuir vers la porte d'entrée. Non mais, quelle tarte aux poires ! C'est trop poche[L] ! Je ne sais même pas si je reverrai ce garçon et j'ai trouvé le moyen d'oublier de lui demander s'il avait une adresse courriel, en plus de me ridiculiser au dernier moment. En matière de séduction, je suis décidément la reine des cloches !

MINUIT

Dans mon lit, je me repasse le film de la journée. J'hallucine ou ces vacances sont de vraies montagnes russes ? Sans ma chute sur le trottoir, cette journée aurait été absolument parfaite ! (L'absence de connexion Wi-Fi mise à part, évidemment, ainsi que la présence constante de ma mère sur mon dos, indubitablement... Y a jamais rien de parfait, faut croire !)

OMG ! Suis-je normale ou pas ? Je suis parfois TELLEMENT mal dans ma peau ! Maman dit qu'à mon âge, on traverse une sorte de crise et qu'elle s'est, elle aussi, sentie bien mal à l'adolescence. Elle affirme s'être même rebellée contre ma grand-mère. J'aurais bien voulu voir ça ! Grand-maman est une sorte d'ancienne hippie des années 1970. Elle a élevé ma mère, la chanceuse, dans une liberté presque totale. Elle dit que c'était l'époque qui voulait ça et qu'aujourd'hui, il serait très mal vu de laisser autant de liberté aux enfants. C'est vraiment pas de chance !

— Alors, pitchounette, t'as aimé ta soirée ?

— Tu vois donc pas que je dors, là, m'man ?

Lundi 22 juin

9 H

Je me suis réveillée dans une forme parfaite, ce matin. Avant même que ma mère ne me le demande, je suis passée sous la douche et je me suis habillée. Bien décidée à oublier la journée d'hier, je suis prête à vivre de toutes nouvelles aventures.

— On fait quoi après le petit déjeuner aujourd'hui, m'man ? Camille et Nathalie viennent toujours nous rejoindre ?

— Oui, pucette. Nathalie et moi avons pensé que vous aimeriez passer du temps à la piscine. Qu'en dis-tu ?

— Super cool ! C'est justement ce dont j'avais envie ! Euh ! M'maa-aan ?

— Oui ?

— Tu crois que les cousins de Camille pourraient venir aussi ?

— Je ne crois pas, non. Deux invitées, c'est à peu près le maximum avec lequel je me sens à l'aise. Désolée, pitchounette.

Elle me regarde en souriant. A-t-elle deviné à qui je pensais ? Y a de fortes chances, oui. Que le diable l'emporte et m'emporte en même temps ! Moi et mes belles résolutions qui tiennent à peine dix minutes...

— OK. C'pas grave de toute façon.

Je ne reverrai peut-être jamais Dimitri. Autant me faire à l'idée tout de suite ! C'est sans doute mieux comme cela puisque nous retournons à Québec dans quelques jours. Non ? Et pourtant, ce matin, lorsque j'ai ouvert les yeux, une drôle de pensée a surgi dans mon esprit : c'est mon troisième matin sans Internet et je ne ressens aucun symptôme de sevrage ! Je ne sais pas trop ce qui m'arrive, mais ça semble inquiétant. C'est vrai, quoi ! Depuis mon entrée au secondaire, je crois que c'est la première fois que je reste si longtemps sans contact avec mes amis, en particulier Gina et Gino. Faut dire que c'est aussi la première fois que je n'ai pas d'ordinateur sous la main. Que va-t-il se passer ? Vont-ils m'oublier ? Et s'il leur arrivait quelque chose pendant mon absence ? La vérité, c'est que j'ai beau tâcher de m'inquiéter, je n'y arrive pas vraiment. Juste là, je me sens bien où je suis, ici et maintenant, tout simplement. J'ai même l'impression de mieux m'entendre avec ma mère depuis quelque temps. Comme si le fait d'être si loin de la maison nous avait rapprochées toutes les deux.

— Bon ben, chuis prête, là !

— Déjà, pitchounette ?

— Ben, ouais ! Pourquoi ?

— Pour rien.

— Dis, m'maa-aan ?

— Oui ?

— Ça te tenterait pas de m'appeler Jules des fois ?

— Jamais de la vie, voyons, choupinette !

Misère… On a encore du chemin à faire !

9 H 10

En sortant dans le couloir, nous croisons un des couples que nous avons remarqués à la piscine avant-hier. Les amoureux russes tatoués. Là, ils ont plutôt l'air d'être en train de se disputer, ils froncent les sourcils, gesticulent et discutent fort dans leur langue. Une chose est sûre, ils doivent s'apprêter à quitter l'hôtel parce qu'ils transportent une tonne de bagages. Ça semble d'ailleurs être la raison de leur dispute : la jeune femme montre du doigt l'énorme bagage qu'elle tire avec peine en plus de porter un sac à dos. Son compagnon, pour sa part, se débat avec deux immenses sacs de toile, une valise à roulettes dont les coutures près de la fermeture éclair menacent visiblement d'éclater, un grand sac en plastique et une sacoche à matériel photo. Devant l'ascenseur, il continue de maugréer tandis qu'elle fait semblant de ne rien entendre. Maman et moi faisons celles qui n'ont rien remarqué non plus.

9 H 12

Lorsque la cabine arrive, maman retient gentiment la porte qui s'ouvre devant nous pour permettre aux deux zigotos d'entrer, avant de me faire signe de monter. Ni l'un ni l'autre ne la remercient. Dans l'ascenseur, l'atmosphère est lourde. Personne n'ose regarder les autres ni prononcer un mot. Une fois au rez-de-chaussée, ma mère retient encore la porte pour permettre à tout le monde de sortir. La jeune femme et moi passons les premières, puis son compagnon tente de nous suivre. Malheureusement, les roulettes de sa grosse valise se coincent dans les rainures du pas de la porte de l'ascenseur. Oh, Oh ! Rageusement, il tire sur sa valise pour tenter de sortir les roulettes du rail où elles se sont malencontreusement bloquées. Mauvaise idée ! Si la valise finit par venir, les roulettes, elles, se détachent et demeurent coincées dans la porte. Comble de malheur, les coutures de la valise craquent et commencent à céder. J'ai envie de rire, mais je sais que ce n'est pas le moment, alors je me mords les lèvres. L'homme se met à gueuler une suite de mots que j'imagine être des jurons typiquement soviétiques… Stoïque, sa compagne ne bouge pas d'un pouce mais lui fait une grimace et un doigt d'honneur avant de s'avancer vers la réception. Ce n'est pas beau à voir ! Récupérant les roulettes récalcitrantes, le Russe réalise qu'il sera impossible de les réinstaller sur sa valise. Pire, la couture fendue laisse échapper quelques articles…

9 H 14

Comme transformées en statues de sel, maman et moi assistons à un bien lamentable spectacle. En continuant de vociférer, l'homme se résigne à ouvrir sa valise et commence à la vider partiellement de son contenu. Il en sort une paire de Nike, trois paires de sandales, deux jeans, une dizaine de t-shirts, autant de bermudas, une pile de sous-vêtements, un rasoir électrique, plusieurs bouteilles de rhum et au moins trois boîtes de cigares qu'il pose par terre. Effectuant un tri sommaire, il essaie ensuite de recaser quelques affaires dans ses autres sacs. Il commence par les bouteilles de rhum et les cigares, puis les sandales, les jeans, les sous-vêtements et le rasoir électrique. En grognant, il se résigne à remettre les Nike, les bermudas et les t-shirts dans la valise endommagée qui contient encore plein d'autres trucs. Puis, il se dirige vers la réception avec le reste de ses bagages, abandonnant là celui qui est abîmé.

—*Do you want some help ?* finit par proposer gentiment ma mère.

—*No.*

—*You don't want me to bring this bag to the reception for you ?*

C'est bien ma mère, ça. Elle insiste pour l'aider à transporter sa valise jusqu'à la réception même s'il vient de refuser son aide.

—*I said NO. I'll leave it here. Doesn't matter at all,* répond-il en lui jetant un regard noir.

C'est le moment ou jamais ! Mon cœur bat très vite et j'agis avant de prendre le temps de réfléchir. À mon tour de m'adresser au jeune homme.

—*May I have it ?*

—*What ?*

Le regard furieux du Russe lorsqu'il se retourne de nouveau m'effraie un peu, mais j'ai besoin de sa permission.

—*May I take the things you are leaving here ?*

—*Take it all if you want. Doesn't matter,* répète-t-il.

—Il s'est levé du mauvais pied, ce type, murmure ma mère en me faisant un clin d'œil. Allez, viens, dit-elle en m'aidant à ramasser mon butin.

Gentille maman ! Toujours là quand j'ai besoin d'elle.

—Que diable veux-tu faire de tous ces trucs pour homme ? me demande-t-elle.

—Remontons tout cela dans notre chambre. Je vais t'expliquer.

Sans plus poser de questions, elle m'aide à transporter la valise abandonnée dans laquelle je sais que se trouvent encore une paire de Nike flambant neuve, une dizaine de t-shirts à la dernière mode et bien d'autres trésors. À première vue, j'ai l'impression que le grossier personnage et Dimitri sont à peu près de la même taille.

9 H 24

De retour dans notre chambre, en parlant vite pour ne pas être interrompue, j'explique mes intentions à ma mère. Stupéfaite, celle-ci ouvre la bouche puis la referme. Elle semble réfléchir, puis sourit.

— C'est une très bonne idée, je trouve, et je suis fière que tu y aies pensé. Je suis certaine que Nathalie sera d'accord, elle aussi.

Elle m'embrasse et poursuit :

— En attendant, viens, redescendons. Toutes ces émotions m'ont ouvert l'appétit.

Et comment ! À moi aussi !

10 H

Notre petit déjeuner avalé, nous allons à la rencontre de Nathalie et Camille dans le hall. Toutes deux sont déjà là, un sac de plage sur l'épaule. Je suis très excitée et il me tarde de monter enfiler mon maillot pour tout raconter à mon amie. Une fois de retour dans la chambre, je lui montre le contenu de la valise abandonnée par le Russe et lui fais part de mon idée.

— Tu veux dire que cette paire de Nike est pour Dimitri ?

— Euh… oui. Qu'en penses-tu ?

— Mais c'est absolument GÉ-NIAL !

Je suis rudement contente qu'elle réagisse comme je l'avais espéré et je pousse un soupir de soulagement intérieur.

— Oui. Et il y a des tas d'autres vêtements qui lui iront peut-être aussi, regarde ! Si tu veux, on en fera l'inventaire tout à l'heure, il y a des bermudas, des t-shirts… Tu crois qu'il sera content ?

— Il sera fou de joie, j'en suis sûre. Il te plaît bien, mon cousin, hein ? Vous étiez inséparables hier. Remarque que je te comprends. Il est super gentil.

Je deviens rouge comme la tunique du père Noël.

— C'est pas juste pour ça que j'ai pensé à lui. D'après ma mère, c'est drôlement difficile de se procurer des vêtements de marque, ici.

— Hum, hum.

— Ris pas. Je suis sérieuse.

— Je te taquine, mais t'as raison. Déjà qu'il n'y a pas grand-chose dans les magasins, les produits de marque se vendent à des prix absolument exorbitants. Sans être aussi pauvre que d'autres Cubains, la famille de Dimitri est loin d'avoir autant de moyens que nos mères, même si elles vivent seules avec nous.

— Vraiment ?

— J'en suis certaine. Maman apporte toujours des tas d'affaires pour nos cousins quand nous venons leur rendre visite, mais ce n'est jamais suffisant. Ils sont trop nombreux.

— Hum ! Ça porte à réflexion. On jette tellement de trucs chez nous !

— C'est terriblement injuste, mais je ne vois pas ce que nous pouvons faire de plus, franchement.

— Hum… On pourrait peut-être commencer par moins gaspiller. Quand on sera de retour au Québec, moi, je n'achèterai plus rien d'inutile.

— Je suis d'accord. Je vais faire pareil.

Nous scellons notre serment d'un *high five*.

— Les filles, que diriez-vous d'aller visiter le Barrio Chino plus tard cet après-midi ? propose Nathalie. Il s'agit du quartier chinois de La Havane.

— Il y a un quartier chinois non loin d'ici, tu te rends compte, pitchounette ? s'exclame ma mère, soudain excitée comme une puce.

J'A-DO-RE les quartiers chinois. Il y en a dans presque toutes les grandes villes du monde, et maman et moi ne manquons jamais de les visiter quand nous en avons l'occasion.

— Tu crois qu'il y aura quelque chose d'intéressant à acheter ?

— Peut-être bien des petits bidules pas chers, oui.

— Youpi !

— On vient pas de se dire qu'on n'achèterait plus rien d'inutile, nous, juste là ? me demande Camille, d'un air de reproche.

— Oups ! C'est vrai, j'allais oublier. Mais en fait, on voulait dire "lorsqu'on sera de retour au Québec", non ?

Camille prend le temps de réfléchir dix secondes puis répond :

— Ouais, t'as raison. Chuis d'accord.

— Alors, les filles, vous êtes prêtes ? Allons nous baigner !

10 H 15

Le nez en l'air, je regarde le ciel sans nuages. Il n'y a qu'un seul couple à la piscine aujourd'hui. Des anglophones.

Quel temps splendide ! On dirait qu'il fait toujours beau et chaud dans ce pays. Dommage que les gens soient si démunis ! J'aimerais bien trouver une idée pour faire une petite différence, à mon échelle. Il faut que je fasse travailler mes méninges…

12 H

Je me demande combien de temps il est possible de rester couchée sur le ventre sans crème solaire avant de se brûler le dos. Je me demande aussi quelle est la différence au juste entre une brûlure au premier degré et une brûlure au deuxième degré... Soupir. J'aimerais surtout savoir combien de temps il faudra avant que j'arrive à obtenir le même bronzage que Camille, qui a le teint naturellement foncé... Si je laisse ma peau brûler, mon bronzage sera-t-il ensuite plus beau que si j'attends que la pigmentation se fasse peu à peu ?

— Julieeette !

— Oui, m'man.

— Ça fait un moment que je ne t'ai pas vue mettre de la crème solaire. Laisse-moi t'en étendre sur le dos.

— Pas b'soin, m'man.

— Comment ça, "pas besoin" ? Si tu ne te protèges pas, tu risques non seulement un coup de soleil, mais une brûlure au deuxième degré.

— Ça fait quoi ?

— Tu vas te retrouver avec des cloques partout sur le dos. Ce ne sera pas beau à voir et ça te fera un mal de chien, crois-moi.

— Ahhhhh ! Pas question ! OK pour la crème solaire, d'abord.

— C'est mieux que de souffrir, pitchounette.

— Et puis, en vieillissant, l'excès de soleil donne prématurément des rides, renchérit Nathalie.

— Oui, ça, vous me l'avez déjà dit.

Elles me font bien rire avec leur « en vieillissant ». Vu la différence d'âge entre nos mères et nous, il s'écoulera une éternité avant que nous ne commencions à plisser…

14 H 45

Après avoir lunché d'un hamburger et de chips maison au bord de la piscine, nous allons nous doucher et nous changer avant de sortir toutes les quatre. C'est notre dernier jour à La Havane, puisque nous partons demain pour Varadero. Il nous reste des tas de choses à voir, à maman et moi ! En mettant le pied sur le trottoir, je me dis que j'aurais aimé passer plus de temps dans cette ville.

— Taxi ? propose un homme qui s'avance vers nous avec un air engageant.

— *¡No. Gracias!* répond maman.

— *Where do you come from ?* demande le Cubain.

— *¡No importa!* répond ma mère en montrant la paume de sa main, d'un air las.

— *¡Son muy guapas!* continue le chauffeur qui ne se laisse pas facilement décourager.

Il a dit cela avec un air vaguement lubrique qui ne me plaît pas du tout. Ça devient lassant à la longue… Ça ne semble pas facile pour une fille de vivre ici ! Mais si tous les garçons étaient aussi gentils que Dimitri, ça serait fabuleux, non ?

— Dis, Camille, ta mère, ton père et toi n'avez jamais pensé vous installer ici pour de bon ?

— Jamais. Mon père a fui La Havane lorsqu'il était dans la vingtaine, tu sais, en 1994. Il s'ennuyait de sa famille parfois, mais maman dit qu'il n'aurait jamais voulu revenir vivre ici.

— Que veux-tu dire ?

— Papa était un *balsero*.

— Un quoi ?

— On appelle *balseros* les gens qui ont fui Cuba pour émigrer clandestinement aux États-Unis. Papa a rejoint Miami en radeau avec onze autres personnes.

— Attends, t'es sérieuse, là ?

— Absolument. De Miami, il est allé à Montréal où il a rencontré ma mère. Je suis née huit ans plus tard. Papa disait qu'être libre est la plus grande richesse qui soit au monde.

— Mais pourquoi s'est-il enfui d'ici ? Il avait fait quelque chose de mal ?

— Pas du tout, mais il rêvait de voyager, de faire le tour du monde, et il était interdit aux Cubains de quitter le pays, à cette époque-là. Maman dit qu'il y a beaucoup de bonnes choses ici, mais que les Cubains ne sont pas vraiment libres parce qu'il n'y a pas de démocratie.

— Qu'est-ce que ça veut dire ?

— Grosso modo, ça veut dire que les gens n'ont pas les mêmes droits que chez nous. Entre autres, il n'est pas vraiment permis de critiquer à voix haute ce qui ne leur plaît pas.

— Euh ! C'est vrai ?

Je suis sous le choc !

— C'est ce que maman m'a raconté. Elle dit aussi que la situation tend à s'améliorer, mais qu'il y a encore du chemin à faire.

— Moi qui passe mon temps à dire tout ce qui me passe par la tête, je ne crois pas que je pourrais vivre dans un pays où il est interdit de critiquer ! Y a déjà assez de ma mère qui s'énerve quand je remets en question sa façon de gérer la maison…

— Idem pour moi, approuve Camille en riant.

15 H 15

Le Barrio Chino est davantage une rue aux couleurs de la Chine qu'un véritable quartier. Mais comme dans la plupart des quartiers chinois que j'ai visités, on y entre par un joli portail rouge. Celui-ci, nommé *el Portico Chino*, est situé à l'angle de la *calle* Dragones et de la *calle* Amistad, non loin du Capitolio. Par contre, les Chinois y sont rares et les articles intéressants à acheter encore plus. Çà et là, il y a surtout des kiosques où l'on vend des beignets ou du poisson. Rien à voir avec les sacs à main et les faux porte-monnaie Chanel que l'on peut se procurer dans le Chinatown de New York !

La plupart des Chinois installés ici sont venus de Californie, explique maman, où ils étaient allés, au milieu du XIXe siècle, pour travailler à la construction du chemin de fer.

—Ah bon, dis-je.

—Ici, ils sont surtout devenus restaurateurs.

—Hum !

La *calle* Cuchillo présente en effet une multitude de restaurants, chacun avec sa terrasse et sa décoration mi-chinoise, mi-cubaine. C'est intéressant, les restaurants, mais pas autant que les boutiques, à mon avis ! D'autant plus que nous venons de manger…

Un peu plus loin vers l'ouest, nous rejoignons une petite rue bien plus spectaculaire : la Callejón de Hamel. C'est une ruelle dont les maisons sont ornées de gigantesques fresques colorées, couvrant les murs du sol jusqu'au toit. Wow ! C'est trop beau !

— En majorité, les fresques ont été réalisées par l'artiste peintre Salvador Gonzáles Escalona, commente Nathalie. Il est considéré comme l'un des plus grands muralistes d'Amérique.

— C'est quoi, un muraliste ? s'informe Camille.

— C'est un peintre qui peint sur de très grandes surfaces, plutôt que sur une simple toile.

— Tu devrais me laisser réaliser une fresque de ce genre sur les murs de notre maison à Québec, m'man ! Je pourrais devenir célèbre, moi aussi.

— Cause toujours, ma poussinette !

16 H 30

Poursuivant notre promenade, nous errons dans les rues au hasard, jusque dans le quartier Vedado. Le long de la *calle* 23, qu'on appelle aussi la Rampa, il y a beaucoup d'animation. On y trouve de sympathiques petits restaurants, des bars de jazz, des salles de spectacles et même des cinémas. Mais les films présentés ne nous attirent pas, et de toute façon, Camille et moi refusons catégoriquement de nous enfermer pour le reste de l'après-midi. Après tout, c'est mon dernier jour à La Havane ! C'est drôle à dire mais, en regardant autour de moi, j'ai un peu l'impression d'être montée à bord d'une machine à voyager dans le temps pour me retrouver dans un de ces films d'autrefois que maman aime regarder le dimanche soir à la télé. Tout est si... vieillot et en même temps si charmant. Je ressens réellement une curieuse impression.

Au centre de la Rampa, on voit un joli petit parc, et au milieu de ce parc, un genre de restaurant de forme circulaire qui comporte plusieurs entrées devant lesquelles s'allongent d'interminables files de gens qui attendent leur tour.

— Qu'y a-t-il donc, ici ? demandé-je à Nathalie.

— Oh ! Ça, c'est Coppelia, le bar laitier le plus populaire de La Havane. On dit que la crème glacée y est si savoureuse que les gens n'hésitent pas à traverser toute la ville à pied pour venir en acheter. Vous en voulez, les filles ?

— Oh que oui !

17 H

Effectivement la crème glacée *fresa y chocolate* de Coppelia est sans doute la meilleure que j'ai jamais goûtée. Miam ! Et quelles portions !

Nos crèmes glacées englouties, nous reprenons notre balade. Juste à côté *del parque* se situe la

Universidad de La Habana. Au centre de l'entrée du bâtiment principal, en haut des marches de pierre, une très belle statue représente une femme tendant les bras en signe d'invitation ou de bienvenue.

— C'est qui ? veut savoir Camille.

— C'est l'*Alma Mater*, indique Nathalie, le symbole de l'Université de La Havane.

— Ça veut dire quoi, *Alma Mater* ? demandé-je.

— C'est du latin et ça veut dire "mère nourricière", me répond maman. On l'associe souvent aux universités, lieux d'apprentissage et de savoir.

— Ah ! Bon, ben, je commence à être fatiguée, moi là !

Elle rit.

— D'accord, ma puce, j'ai compris. Allons-y.

17 H 30

Rebroussant chemin sur la *calle* 23, nous rejoignons le front de mer. Comme maman et moi devons quitter notre hôtel demain, et que nous avons nos bagages à faire et tout et tout, nous décidons qu'il vaudra mieux dîner tôt ce soir. Sur le Malecón, Nathalie et maman choisissent un restaurant appelé Sociedad Asturiana Castropol Taberna. Malgré son nom (drôlement long), il ne s'agit pas d'une taverne mais d'une immense terrasse à deux étages, très jolie et très chic, où, oh ! surprise, on sert non seulement des pizzas mais aussi des pâtes. Miam ! je meurs d'envie de bons spaghettis ! Je sais, j'en ai mangé cette semaine. Et puis après ?

Le deuxième étage du restaurant offre une vue à couper le souffle de la promenade et de la mer. Ouf ! Je ne sais pas si je vivrais ici pour toujours, mais j'y passerais bien quelques mois, malgré tout...

18 H 30

— Je ne sais pas pour vos 'izzas mais, en tout cas, les 'âtes sont délicieuses.

— Juliette, on ne parle pas la bouche pleine, voyons !

— Hummm ! 'est 'élicieu...

— Julieeette !

— 'uis d'a-ord a'ec 'ules et 'appuie, dit Camille.

20 H

De retour à l'hôtel Parque Central, je propose que Nathalie et Camille montent à notre chambre, afin de dresser ensemble la liste du contenu de la valise abandonnée par le Russe ce matin. Je n'en ai rien dit, mais j'y ai pensé toute la journée…

—Bonne idée! approuve maman.

Cinq minutes plus tard, nos quatre têtes se penchent sur l'intérieur de toile grise du bagage.

—Voilà les chaussures, dis-je en sortant d'abord la paire de Nike d'un blanc si étincelant qu'elles ont l'air presque neuves.

—Trop belles! s'écrient en chœur Nathalie, Camille et maman, enthousiastes.

—Vous croyez qu'elles lui iront?

—Difficile à dire comme cela, juge Nathalie, mais ça vaut une fortune ici, une paire d'espadrilles comme ça. Dans le pire des cas, il pourra les vendre ou les échanger, je crois.

—Qu'y a-t-il d'autre? interroge Camille, qui trépigne d'impatience.

Un à un, je sors le reste des effets et les étale sur mon lit. Armée d'un bloc de papier et d'un stylo, Camille prend des notes. En tout, il y a:

- ✓ Dix bermudas, dont trois en tissu imperméable (pour la baignade).
- ✓ Douze t-shirts multicolores.
- ✓ Trois camisoles pour homme.
- ✓ Deux livres imprimés dans un alphabet incompréhensible (dont l'un avec une tête de mort sur la couverture…).

- ✓ Un jeans usé (mais encore mettable).
- ✓ Un pantalon de toile à l'état presque neuf.
- ✓ Un imperméable gris pour homme.
- ✓ Un imperméable crème pour femme.
- ✓ Deux chandails[L] en coton ouaté (un marine et un noir, ce dernier arborant le logo de Nike).
- ✓ Une casquette Nike.
- ✓ Trois paires de chaussettes noires.
- ✓ Deux ensembles de masque-palmes-tuba (un rose et un bleu).
- ✓ Deux serviettes de bain (avec des soleils portant des lunettes).
- ✓ Une trousse de toilette contenant du shampoing, du savon, une brosse à dents, du dentifrice et un antisudorifique pour homme.

— Pas étonnant que la valise de ce type ait éclaté ! s'exclame maman.

— Et tu dis qu'il a retiré des trucs ? demande Nathalie en riant.

— Oui, il a ôté des sandales, des jeans, un rasoir électrique et, surtout, plusieurs bouteilles de rhum et quelques boîtes de cigares, dis-je.

— En tout cas, cette valise est un véritable coffre au trésor. Je suis certaine que la mère et la grand-mère de Dimitri sauront quoi faire de tout ça !

— Il sera mignon avec cette casquette, Dimitri, non ? remarque Camille en se tournant vers moi, la casquette Nike sur la tête.

Allez savoir pourquoi, je me sens de nouveau devenir rouge comme une tomate. Pourquoi donc suis-je incapable de cacher mes émotions et mes sentiments ? Bon, je l'avoue, j'espère sincèrement faire plaisir à Dimitri… mais ça n'enlève rien à Gino et Gina, non ? « L'amitié est quelque chose qui peut se multiplier à l'infini », m'a un jour affirmé maman.

Pour les autres membres de la famille Delgado, il doit y avoir moyen de faire quelque chose. Hum ! Il faut que je réfléchisse.

22 H

Camille et sa mère sont parties. Nous leur avons donné un coup de main pour descendre la valise jusqu'à la sortie et, là, elles ont hélé un taxi pour rentrer sans encombre chez la tante Clara. Puis, nous avons rassemblé nos affaires en prévision de notre déplacement de demain. Il me tarde d'aller enfin à la plage !

Pour l'instant, allongées toutes deux sur mon lit, maman et moi regardons une émission délirante à la télé. C'est une *telenovela*, un genre de téléroman en espagnol, dans laquelle une grande blonde trop maquillée passe ses journées à parler au téléphone portable, chaussée de talons hauts, au bord de la piscine attenante à son immense résidence, tandis que son mari, une espèce d'Apollon trop musclé, la trompe avec une brune au regard méchant qui parle si vite qu'on ne comprend rien de ce qu'elle dit. À un moment donné, l'homme est victime d'un accident de voiture au volant d'une Ferrari jaune citron et les deux femmes se retrouvent ensemble au pied de son lit d'hôpital, à s'engueuler devant les infirmières. Elles finissent par en venir aux coups et il faut appeler un gardien pour les séparer. Pissant ! J'aimerais bien savoir comment ça se termine, mais mes paupières s'alourdissent soudain. Les journées sont bien remplies à La Havane !

— Ça te dérange si j'éteins cette lampe, ma pitchounette ?

— …

— Juliette ?

— Zzzzzzzzzzzzzz…

Mardi 23 juin

12 H

J'ai presque réussi à faire la grasse matinée ! Façon de parler... Maman m'a laissée dormir jusqu'à 9 h (un record depuis le début de ces vacances !), puis elle s'est mise à s'énerver parce qu'il fallait aller prendre son petit déjeuner avant 10 h et remplir, puis boucler et descendre nos bagages avant midi ! Mon Dieu ! Ce qu'elle m'énerve quand elle est stressée ! Après avoir avalé mon petit déjeuner de travers, j'ai été obligée de l'écouter me piquer sa crise habituelle :

— Pourquoi diable as-tu éparpillé tes affaires partout dans la chambre ? On en trouve dans tous les coins !

— ...

— Allez, Juliette, grouille-toi ! On risque de manquer notre autobus !

C'est ça que je fais, là ! J'me grouille ! Il ne reste presque rien à ramasser de toute façon. Du calme !

— Tu fais quoi avec des écouteurs sur les oreilles, là ? Tu m'entends ? Julieeette Bérubééé !

— Quoi ?

— Je te parle, m'écoutes-tu ?

— Ben ouais !

Bien sûr que je l'écoute. Je n'ai pas le choix : elle n'arrête pas d'enchaîner les directives depuis tout à l'heure. Le hic, c'est que quand elle fait ça, je n'arrive plus à me concentrer et je ne sais jamais par où commencer. Une chance qu'il y a Bruno Mars dans mon iPod pour m'encourager...

— N'oublie pas de récupérer tes articles de toilette dans la salle de bain, d'avaler un comprimé de Gravol[L], de prendre ton maillot de bain neuf qui sèche sur le balcon, de vérifier si tu as bien vidé ta partie de garde-robe et de regarder sous le lit au cas où quelque chose y aurait glissé.

— Grrr...

11 H 59

Eh ben voilà ! Je suis prête ! Il n'y avait pas de raison de s'énerver. Il n'est que 11 h 59, après tout !

— Allez, vite ! Cours, Julieeette, ou on va manquer l'ascenseur à cause de toi !

Ben oui, c'est ça. C'est toujours ma faute quand y a un pépin!

12 H

Bon, ma mère est en train de payer la note et nos amies sont déjà là. Maman va peut-être enfin cesser d'être sur mon dos...

—Alors, Jules, t'as bien dormi? s'enquiert gentiment Nathalie.

—Hum! Ouaaaais, là.

—T'es de bonne humeur?

—Pas trop pire, là.

—Tu vas voir, tu vas aimer Varadero.

—Il y a quoi, là-bas, hein? On va y faire quoi, au juste?

—On va surtout se baigner et ne rien faire, justement. Varadero, c'est une longue, une très très longue plage de sable blanc.

—Sérieux?

J'enlève mes écouteurs pour être certaine de bien entendre la suite.

—On n'a franchement rien d'autre de prévu?

Nathalie sourit.

—Pourquoi, tu voulais faire des visites culturelles? Je crois qu'il y a un musée. Si Camille et toi voulez vraiment le voir, on peut vous y emmener, bien sûr.

—Euh! Non, c'est correct. La plage, ce sera parfait pour moi.

—Alors, il arrive, ce bus? s'impatiente maman qui vient de nous rejoindre.

Le bus est en retard, évidemment. Je me doutais bien que ça ne servait à rien de se presser!

12 H 10

Un immense autobus s'arrête devant la porte de l'hôtel et un homme semblant préoccupé en descend. Vu d'ici, il a l'air plein, ce bus! Mais l'homme se dirige bel et bien vers nous...

—*¿Señora Bérrroubé y señora Bouchard?*

—*Aquí estamos,* acquiesce Nathalie. *Buenos dias, señor.*

—*Me llamo Germán. Mucho gusto.*

—*¡Mucho gusto!* répond ma mère.

—J'ai un petit problème, poursuit Germán, toujours en espagnol. L'autobus est presque plein de touristes qui arrivent de Bolivie et ne parlent pas un mot d'anglais.

—*No hay problemas,* le rassure ma mère en souriant.

— Il y a bien quatre sièges libres, mais vous ne pourrez pas être assises ensemble, continue-t-il.

— *No hay problemas,* confirme à son tour Nathalie, elle aussi tout sourire.

— Ben là ! Comment ça, “pas de problème” ? m’exclamé-je.

— Je suis désolée, pitchounette, mais ce n’est pas bien grave, intervient ma mère.

— Et ça prend combien de temps pour se rendre à Varadero ?

— Pas plus de deux heures. On reprend le même chemin que lors de notre arrivée.

Deux heures ? Autant dire une éternité ! Avoir su, j’aurais pris le temps de recharger mon iPod. La pile est à plat…

12 H 15

Nous voilà parties. Je suis assise presque au fond de l’autobus, côté allée, près d’une dame bien ronde. Elle ne parle pas un mot de français, évidemment, mais elle semble plutôt gentille. Là, elle m’examine de la tête aux pieds avec curiosité, en souriant. C’est un peu gênant, mettons. Camille est installée dans une autre rangée, alors que maman est juste derrière moi. Quant à Nathalie, elle est complètement devant, à côté du chauffeur et de Germán.

— Tu as bien pris ton Gravol ? me demande ma mère en se penchant vers moi.

— Euh ! ben, non. J'ai oublié.

C'est la cata. Je vais être malade, c'est certain !

— Ne t'inquiète pas, ce n'est pas grave. À ton âge, il est probable que tu sois de moins en moins souvent affectée par le mal des transports. Après tout, ça s'est très bien passé lors de notre arrivée, non ?

— Euh ! oui...

Je ferme les yeux, espérant dormir un peu. En secret, je fais mes adieux à Dimitri...

12 H 30

Je somnole et dodeline déjà de la tête lorsque Germán, qui a pris le micro, me réveille en sursaut.

— *Señores y señoras, bienvenidos en el bus de la compañia...* bla bla bla, bla bla bla.

Il parle si vite que je n'arrive pas à saisir le sens de ce qu'il dit. Je me tourne vers ma mère.

— Qu'est-ce qu'il dit ?

— Oh ! Il dit qu'il sera notre guide aujourd'hui lors des différentes haltes que nous ferons sur le chemin de Varadero, répond-elle.

— QUOI ?

— Il semble qu'on s'arrête quelques fois en chemin.

— Oh nooon ! Ça va être looong !

— Je suis désolée, ma chatounette. Mais rassure-toi, ça risque juste d'être plus intéressant ! Tu vois, là, Germán dit que ce village s'appelle Cojímar. C'est joli comme endroit, non ? C'est dans ce village de pêcheurs que se situe l'action du roman d'Hemingway, *Le vieil homme et la mer.*

Sacrée m'man ! Je me demande comment elle fait pour être toujours si enthousiaste.

— Ouuuiiin...

13 H

Toujours au micro, l'ami Germán continue de commenter joyeusement ce qu'il voit à l'extérieur, c'est-à-dire pas grand-chose, à mon avis. En tout cas, je ne risque pas de m'endormir... Dire que je pensais me dorer sur la plage cet après-midi. En parlant de plage, en voici une. On ne semble pas s'y arrêter, par contre. C'est bien ma chance !

— Tu vois ces plages, choupinette ?

— Je vois, oui.

— Ce sont les Playas del Este, les plages de l'Est. Nous sommes à environ quinze kilomètres de La Havane.

—Parce qu'il y avait des plages si près?

—Oui. C'est ici que les familles de La Havane viennent se baigner les week-ends.

—*Chill.*

Au moins il y en a qui se baignent! Grrr...

Comble de l'affaire plate, une fois les plages passées, on ne voit plus qu'une enfilade de champs où pousse je ne sais quoi. Il me semble avoir entendu notre guide parler de canne à sucre, *caña de azúcar*... Bien entendu, c'est à ce moment que le bus s'arrête. Au milieu de nulle part, il y a un petit kiosque. Pis là, on fait quoi?

—Pause pipi. Tu veux venir?

—Non merci, ça va aller.

Moi, faire pipi au même endroit que cinquante personnes, j'aime pas trop... Restée à bord, je ne tarde pas à m'assoupir. Près de trente minutes plus tard, je suis réveillée par la dame à la poitrine imposante qui était assise à côté de moi tout à l'heure et qui souhaite reprendre sa place près de la fenêtre. Le temps que tout le monde remonte dans l'autobus, la chaleur a eu le temps de gagner l'habitacle et je suffoque. Lorsque le mastodonte redémarre, j'ai l'impression d'avoir un peu mal au cœur. J'essaie de fermer les yeux et de penser à autre chose... Ma voisine chantonne un drôle d'air. Ouvrant les yeux, je réalise qu'elle écoute de la musique dans un lecteur MP3 et chante en même temps. Misère ! C'est atroce comme elle fausse !

14 H

Je meurs de chaleur. On dirait qu'il fait encore plus chaud que tout à l'heure dans ce bus. L'air climatisé serait-il en panne ? J'ai de plus en plus mal au cœur et j'ai la tête qui tourne un peu. Je ne me sens vraiment pas bien, là ! Discrètement, j'essaie d'attirer l'attention de ma mère.

— Dis, m'maan…

— Oui, pitchounette ?

— On arrive bientôt, tu crois ?

— Je ne crois pas, non. À mon avis, il doit rester au moins cent kilomètres encore.

La voix de ma voisine se fait entendre. Sa large poitrine penchée sur moi, elle m'agrippe le bras et dit :

— *¿Que pasa chiquitita. No estas bien?*

Je ne suis pas certaine d'avoir bien compris ce qu'elle dit, mais j'ai pas vraiment le temps de répondre à sa question : sans pouvoir me retenir, je lui vomis dessus.

— Ahrrrrr…

14 H 30

J'ai le mal des transports depuis que je suis toute petite. Du plus loin que je me souvienne, j'ai vomi dans tous les véhicules dans lesquels je suis montée sans prendre de comprimés antinauséeux au préalable : voitures, trains, bateaux et même, une fois, en descendant de vélo…

L'autobus s'est arrêté en bordure de la route afin de me permettre de respirer un peu. Maman en a profité pour récupérer les comprimés de Gravol restés dans ma trousse de toilette. Quand le bus a redémarré, la dame qui était assise à côté de moi a insisté pour laisser sa place à maman. Hé, hé, hé ! Je ne tarde pas à somnoler dans ses bras. Je n'aime pas trop m'étendre là-dessus, mais j'adore ma mère, même si je rouspète parfois un peu…

— Nous voilà rendus à Matanza. Regarde comme c'est joli, poussinette ! C'est drôlement grand aussi. Ce n'est pas un village, mais bien une ville. Je crois qu'on va s'arrêter pour visiter. Ça te dit ?

— Zzzzz…

— T'en fais pas, ma choupinette, on finira par y arriver.

16 H

Après un voyage interminable et au moins trois autres arrêts pour admirer autant de villages, nous arrivons à notre destination finale: l'Iberostar Laguna Azul. Je n'en reviens pas! ENFIIIIIN!

—Aah!

Camille et moi avons laissé échapper en même temps le même cri de soulagement.

—Contentes, les filles?

—Ça se dit pas!

Nos bagages récupérés, nous nous dirigeons vers l'entrée de l'hôtel. Le complexe hôtelier est immense, et le hall vraiment magnifique. À la réception, on nous donne rapidement nos clés de chambres, non sans avoir noté les renseignements contenus dans nos passeports et nous avoir passé au poignet un bracelet en plastique rose fluo.

—Ce bracelet nous identifie en tant que clientes de l'hôtel, explique maman. Il nous permettra entre autres de manger gratuitement dans tous les restaurants. Il y a huit cent quatorze chambres, six piscines et cinq restaurants dans cet hôtel. C'est génial, non?

—Trop génial!

Les chambres sont réparties dans dix pavillons de deux étages. Nous sommes logées dans le bâtiment numéro 9, au deuxième. La chambre de Nathalie et Camille est à trois portes de la nôtre. Super ! Notre chambre est grande, propre et joliment décorée. Je choisis le lit près de la porte-fenêtre qui donne sur une terrasse avec vue de la mer. C'est le paradis !

16 H 30

Je me précipite sur ma valise pour en sortir mon maillot blanc avec la bordure de dentelle...

— Que fais-tu, pitchounette ?

— Je me change. Camille et moi avons prévu d'aller à la plage pendant qu'il fait encore jour.

— Je pensais que vous auriez faim.

— Oui, j'ai faim aussi. Mais là, je veux surtout voir la mer de près.

— Je crois qu'il doit y avoir un casse-croûte près de la plage. Un hamburger, ça te dirait ?

— Ce sera parfait !

Je souris.

Cinq minutes plus tard, nous frappons à la porte de la chambre de Nathalie et Camille.

17 H 15

Fini les relents de vomi ! Allongées devant la mer du plus beau bleu que j'ai jamais vu, nous avons toutes les quatre les orteils dans le sable, un verre de jus d'ananas à la main et un burger dans l'autre. Je sens que je vais littéralement A-DO-RER cet endroit !

— Il va faire clair jusqu'à quelle heure, m'man ?

— Oh ! Jusqu'à 21 h, minimum.

— Cool !

Mercredi 24 juin

9 H 10

— Qu'est-ce qui te ferait plaisir aujourd'hui ? demande maman en attaquant avec enthousiasme la montagne de gaufres arrosées de miel qu'elle a déposées dans son assiette pour le petit déjeuner.

À ce rythme-là, à nous deux, nous aurons pris une dizaine de kilos avant la fin de la semaine... Aucune chance que j'entre encore dans mes jeans en revenant à Québec. Le hic, c'est que ma mère ne me laissera JAMAIS faire un régime. En tout cas...

— Eh ben, je pensais rester à la plage toute la journée, là.

— Hum.

— Quoi ?

Elle avale une bouchée si énorme que mes yeux s'agrandissent de surprise. Wow ! Une coulisse de miel apparaît sur son menton. Elle l'essuie avec sa serviette et sourit.

— Tu crois que tu pourras te débrouiller avec Camille ? De mon côté, je dois travailler un peu. Mon rédacteur en chef m'a commandé un article sur cet hôtel et j'ai rendez-vous avec le directeur à 9 h 30. Je dois également visiter deux hôtels voisins qui appartiennent à la même chaîne.

— T'inquiète pas, Camille et moi, on trouvera à s'occuper. Et puis, Nathalie reste là, elle, non ?

Ma mère avale une autre bouchée, aussi grosse que la précédente.

— Hum ! Oui. Si tu as besoin de quoi que ce soit, demande à Nathalie, d'accord ?

— Pas de problème !

La vérité, c'est que je suis ravie. Après tout, je suis censée être en vacances, là. Pas vrai ? Hier, Camille et moi avons passé toute la soirée à nous promener dans les alentours avec nos mères. C'était correct, mais passer vingt-quatre heures sur vingt-quatre avec elles, c'est autre chose. À notre âge, on a besoin d'air de temps en temps. C'est vrai, quoi !

— L'hôtel est archiplein à ce qu'il paraît. D'après ce que j'entends, il y a encore pas mal de Russes et d'Allemands, mais aussi des Français et beaucoup de Québécois. Tiens, voici nos amies.

Nathalie et Camille se dirigent vers nous pendant que maman termine son assiette en vitesse, avec la mine de quelqu'un qui a peur qu'on la lui enlève.

—Allô, Marianne, allô, Jules. Vous allez bien, les filles ? demande Nathalie qui a encore les plis de l'oreiller imprimés sur la figure.

—J'ai dormi comme une bûche ! répond ma mère. Tu dois absolument goûter ces gaufres, Nathalie.

—Pour être franche, je n'ai pas très faim. Je serais bien restée au lit un peu plus longtemps ce matin. Tu dois travailler aujourd'hui, non ?

—Tout à fait, acquiesce ma mère en se levant et en m'embrassant sur le front. Je dois d'ailleurs me sauver. On se donne rendez-vous au bar du hall de l'hôtel à 18 h ?

—Ça me va très bien, approuve Nathalie. Tu pars déjà ?

—Je dois aller chercher mon carnet de notes et mon dictaphone dans la chambre.

—À plus tard, alors !

Nous lui faisons toutes trois un signe de la main.

—C'est ça, à plus tard, les filles.

9 H 30

— Et vous, mes beautés, vous avez prévu de faire quoi aujourd'hui ?

— On veut aller à la plage, annonce Camille. Tu n'es pas obligée de venir si tu n'en as pas envie ou si tu préfères la piscine, ajoute-t-elle très vite. Je pense que Jules et moi, on pourra se débrouiller, on n'est plus des bébés.

(On peut toujours rêver !)

— Tu sais quoi ? Je pense que tu as raison, décide Nathalie. En fait, j'ai un peu mal à la tête, et la plage de Varadero est sans doute une des plages les plus sécuritaires de la planète. Je ne crois pas que vous serez importunées, bien au contraire. Et puis, plusieurs familles québécoises séjournent ici, d'après ce que j'entends, alors vous ne serez pas trop dépaysées. Voici ce que je propose : je vous accompagne à la plage pour vous aider à vous installer, et on se retrouve à 13 h ou 14 h pour le lunch. Ça vous va ?

— Oh, *yesss* !

10 H

Cet endroit, c'est littéralement le paradis terrestre ! Camille et moi avons installé nos chaises longues sous une *palapa,* une sorte de parasol en feuilles de palmier. La tête à l'ombre et le corps au soleil, nous nous enduisons de crème solaire tout en dressant l'inventaire des garçons intéressants qui se promènent sur la plage.

— Regarde celui-là, dit Camille, il a à peu près notre âge, non ?

— Lequel ?

— À ta droite. Celui avec les longs cheveux blonds et le maillot bleu.

— Hum ! Il a aussi les yeux bleus, en plus, c'est vrai qu'il est hyper mignon, mais je l'ai seulement entendu parler allemand. Ça lui fait perdre des points. Par conséquent, je ne lui donne que 8 sur 10.

— T'es sévère, il parle peut-être aussi anglais…

— Et les deux gars aux cheveux châtain là-bas, t'en dis quoi, toi ?

— Trop vieux ! Ils ont au moins dix-neuf ans !

— Tu crois ?

— Ils ont des *tatoos*. Ils doivent être majeurs…

— Tu as sans doute raison. Ma mère ne tolérerait jamais que je me fasse tatouer avant d'avoir dix-huit ans. Et encore !

— Idem pour la mienne.

— Oh ! Regarde le petit rouquin là-bas.

— Où ?

— Deux rangées derrière nous. Il est avec des gens qui semblent être ses parents…

— En général, les roux me laissent indifférente, mais tu as raison, celui-là a l'air plutôt cool ! Il m'a souri.

— Sérieux ?

— Oui, regarde, il nous fait un petit signe de la main.

— *OMG !* C'est vrai qu'il est mignon. Il se lève. Qu'est-ce qu'on fait ?

— Tu crois qu'il vient vers nous ?

— Je crois bien, oui. Regarde !

— Hiiiiii !

Effectivement, le gars s'est levé et se dirige droit vers nous, le sourire aux lèvres. Arrivé à la hauteur de notre *palapa*, il… passe tout droit. Le suivant des yeux, nous le voyons se diriger vers la mer, souriant toujours. En face de lui, les pieds dans l'eau, une blonde lui rend son sourire. Il la rejoint, l'étreint et, bras dessus, bras dessous, ils s'enfoncent ensemble dans la mer. Très romantique…

— Euh…

— C'est sa copine, sûrement.

— Tu crois ?

Camille fait une moue dégoûtée.

— En tout cas, s'il préfère les blondes, tant pis pour lui ! De toute façon, moi, les roux, j'aime pas du tout, alors c'pas grave… J'aime pas les blonds non plus, d'ailleurs !

— Salut !

Camille et moi tournons la tête en direction de la voix qui vient de nous saluer. Un super beau blond aux yeux verts se tient derrière nous. Nous ne l'avions pas vu arriver, celui-là !

— Euh, salut !

— Comment vous appelez-vous ?

— Elle, c'est Jules. Moi, c'est Camille. Et toi ?

—Je m'appelle Julien, répond le gars en souriant. Vous êtes seules ?

—Euh, nos mères sont avec nous.

—Enfin, pas là, mais à l'hôtel.

—Je vois.

—Et toi ?

—Je suis en vacances avec mes parents, mais ils sont partis faire les boutiques à Varadero. Moi, le magasinage, ça ne me plaît pas trop, alors je n'ai pas voulu aller avec eux. Il fait trop beau. C'est pas vrai ?

—Ouais ! fait Camille, les yeux grands comme des soucoupes et l'air d'un chat qui s'apprête à dévorer une souris. Tu viens d'où ?

—De Montréal. Et vous ?

—Moi aussi, je viens de Montréal, s'empresse-t-elle de répondre, tout sourire, et Jules vit à Québec.

—Cool ! Vous êtes ici jusqu'à quand ?

—Ma mère et moi passons encore quelques jours, mais Jules rentre samedi. Et toi ?

—Je reste jusqu'à la semaine prochaine.

—Oh ! Comme moi !

Je suis bouche bée. Pour une fille qui n'aime pas les blonds, Camille y va un peu fort, quand même ! Je dois avouer qu'il est pas mal, Julien. Ses cheveux tombent sur ses épaules et ses cils sont les plus longs que j'ai jamais vus chez un garçon. Il a aussi deux mini *stretchs* aux lobes d'oreilles. Ses parents doivent être drôlement relax s'ils lui ont donné la permission. Il a de super épaules et il est plutôt musclé pour un ado. Il joue peut-être au football ? Je m'apprête à le lui demander quand Camille me devance.

— Est-ce que ça fait mal, les *stretchs* ?

— Un peu au début, mais maintenant, ça va. Vous avez quel âge, les filles ?

— Quatorze ans, ment Camille. Et toi ?

— Quinze.

— *Chill !*

— Ça vous dit d'aller marcher le long de la plage ?

— Ouais. On peut bien, dis-je.

— Pourquoi pas ? conclut Camille, l'air détaché.

10 H 30

Pieds nus, notre petit groupe se met en route dans la direction opposée à notre hôtel. La plage de Varadero est interminable, et elle est vraiment très belle. Le sable est presque blanc et l'eau est bleu turquoise. Très romantique… Nous marchons en silence quelques minutes. Je ne sais pas quoi dire, en fait, et Camille semble soudain pensive en regardant la mer, mais Julien n'a pas l'air de s'en faire avec ça.

— Vous voyez le rocher, là-bas ?

— Euh ! oui, dis-je.

— Il y a généralement des pêcheurs à cette heure-ci.

— Ah bon, répond mon amie.

— Ça vous dit d'aller jusque-là pour voir ?

— Moi, oui, répond Camille. Ça te dit, Jules ?

— OK ! On laisse nos trucs ici ?

— Oui, il n'y a pas de danger, assure Julien. Ça fait déjà deux jours qu'on est là avec mes parents et personne ne regarde nos affaires. Jules, c'est drôle comme nom pour une fille, c'est un surnom ?

— Oui. Mon vrai nom, c'est Juliette, mais il ne me plaît pas.

— Pourquoi ? Moi, je trouve ça très joli, Juliette.

— Je trouve que ça fait vieux. Comme Ginette ou Gilberte.

Il rit.

— Vu comme cela… Mais Jules, c'est cool aussi. Ça ressemble à Julien.

Il me sourit et je rougis comme une idiote. Camille me jette un regard furieux. Je me demande bien pourquoi ! Il est sympa, mais il n'est pas vraiment mon genre, Julien. Je préfère les gars aux cheveux foncés, style Channing Tatum… ou Dimitri. ☺

11 H

Après environ deux kilomètres de marche, la plage change un peu et le sable disparaît pour être remplacé par des rochers. Lorsque nous arrivons au lieu indiqué par Julien tout à l'heure, un homme est effectivement occupé à lancer un filet à l'eau. Pieds nus, il est seulement habillé d'une salopette en jeans dont les jambes sont roulées jusqu'aux genoux. Rien d'autre. Il n'a pas l'air bien riche. Il lance son filet avec adresse, puis attend quelques minutes. C'est fascinant de le regarder faire ! Ensuite, il tire son filet vers lui et, surprise, des tas de poissons de presque trente centimètres de long se tortillent dedans !

— De quels poissons s'agit-il ? l'interroge Camille en espagnol.

— *Son sardinas,* répond l'homme sans nous accorder plus d'attention.

Moi, voir ces poissons en train de bouger comme ça, ça m'enlève toute envie d'en manger de nouveau un jour. Camille, elle, se lèche les babines comme si elle s'apprêtait à se mettre à table.

— Hum ! dit-elle. Ils ont l'air délicieux.

— Beurk ! Moi, je ne trouve pas ! Ils sont en vie ! C'est dégueu !

— Les poulets aussi sont vivants avant de se retrouver à l'épicerie, commente Julien, l'air amusé.

— Oui, mais quand on les voit à l'épicerie, ils ne bougent plus et n'ont plus de tête, et on ne réalise pas qu'ils ont déjà été en vie !

— Tu trouves ?

Camille et Julien paraissent surpris de ma réflexion.

— Ben, ouais…

Ils sont drôles, eux autres !

11 H 30

De retour à notre *palapa*, Julien demande s'il peut s'installer avec nous. Camille et moi échangeons un regard et tombons tout de suite d'accord. Nous haussons les épaules en même temps, comme des jumelles identiques.

— Ça nous dérange pas…

L'air content, Julien va chercher son sac à dos et sa serviette et approche une chaise longue inoccupée pour venir la placer… juste entre les deux nôtres. Ça promet ! J'espère que Camille ne va pas s'imaginer que j'ai des vues sur Julien, parce qu'il est clair qu'il lui plaît beaucoup. Bah ! Autant m'occuper sérieusement de mon bronzage... Je jette un œil critique à mes jambes. Elles sont à peine café au lait. C'est donc ben long avant que ça bronze, des jambes ! En passant, je remarque que l'intérieur de mon nombril est aussi blanc qu'avant notre arrivée à Cuba. Oh ! horreur ! Ça détonne complètement avec le reste de mon abdomen. Par contre, je me demande si l'intérieur d'un nombril finit vraiment par bronzer... Je m'apprête à demander à Camille ce qu'elle en pense quand la voix de Julien vient interrompre le flot de mes pensées.

— Ouf ! c'est vrai qu'il fait chaud, à cette heure-ci ! Vous venez vous baigner, les filles ?

— Ouais !

— OK !

12 H

J'avais oublié à quel point c'est l'fun[L] de se baigner avec un gars. Julien nous prend sur ses épaules à tour de rôle avant de nous laisser tomber dans les vagues. Il nous attrape par la taille pour nous faire virevolter et nous fait des tas de compliments sur la longueur de nos cheveux, la couleur de nos bracelets ou l'allure de nos maillots... Parlant de maillot, heureusement que j'en ai apporté trois !

Comme ça, je n'aurai pas à subir la honte de me montrer deux fois avec le même sur le dos !

Soucieuse de ne pas me mettre en travers des plans de Camille, je sors de l'eau avant mes amis. De retour sous notre *palapa,* je remets consciencieusement de la crème solaire. C'est maman qui serait contente de voir ça ! Je veux surtout éviter de brûler de la tête aux pieds pour ensuite devoir m'enfermer dans la chambre pendant deux jours avec des compresses d'eau froide pour soigner des cloques pleines de pus…

Le retour de mes amis me prend par surprise.

— Tu veux de l'aide ? offre gentiment Julien.

— Euh !

Je jette un coup d'œil en direction de Camille qui me fait signe que c'est OK.

— Pour le dos, je veux bien, oui.

Il a les mains douces mais un peu malhabiles, et je me demande s'il fait bien pénétrer la crème. Je n'ose pas lui poser la question. C'est la première fois qu'un garçon m'enduit de crème solaire… Mon dos bien protégé, Julien s'attaque à celui de Camille, puis celle-ci s'occupe de son dos à lui. On forme une belle équipe ! L'opération crème solaire terminée, chacun se couche sur le ventre et somnole doucement.

Au moment où je vais m'endormir, une conversation tout près attire mon attention. La *palapa* à côté de la nôtre est occupée par un couple de Québécois âgés d'une cinquantaine d'années. À les entendre, ils retournent bientôt chez eux parce qu'ils parlent bagages.

—En tout cas, moi, je ne rapporte pas cette robe de plage à la maison, ni ces sandales, d'ailleurs.

—Comment ça?

—Nos bagages étaient déjà trop lourds à notre arrivée, je ne veux pas avoir à traîner ma valise de peine et de misère juste pour rapporter de vieilles robes, des maillots passés de mode et des sandales qui me font de toute façon mal aux pieds.

—Pourquoi les as-tu prises, alors?

—Je me suis dis que je les porterais une dernière fois. Ça fait déjà trois étés que je mets cette robe. C'est bien assez. Je ne veux plus la voir!

—Ouais. Moi, qu'est-ce que je pourrais bien abandonner ici?

—Je pense que tu devrais laisser ton polo rose. J'ai toujours trouvé que tu avais l'air ridicule dedans.

—Ben, merci!

Le ton employé par l'homme indique qu'il est un peu vexé… J'ouvre un œil pour voir de qui il s'agit.

— Tu préfères que je te mente ?

— Non, mais un peu de tact ne fait jamais de tort.

Hilarant ! L'homme, chauve et bedonnant, paraît plutôt gentil. Sa femme, que je viens silencieusement de baptiser « la mégère », a d'énormes cuisses cellulitiques et les cheveux d'un blond jaune qui ne me semble pas naturel. Je finis par tomber doucement dans le sommeil, rêvant de polo rose et de robe de plage abandonnés.

12 H 30

En me réveillant, j'ai le sentiment d'avoir trouvé la solution à un problème que je cherchais à résoudre depuis longtemps. Euréka !

— Camille, dors-tu ?

— Hum !

— Camille, je viens d'avoir une super idée !

— Qu'est-ce que tu dis ?

Mon amie tourne la tête vers moi, l'air endormie et les yeux mi-clos.

— Je viens d'avoir une idée géniale !

— Vraiment ?

Elle ouvre grand les yeux et se redresse dans sa chaise longue. Je m'assieds à mon tour.

— J'ai une idée pour donner un coup de pouce à tes oncles, tes tantes et tes cousins.

— Ah ouais, laquelle ?

Elle paraît soudain bien réveillée. Julien se retourne pour me regarder, s'assied lui aussi et remonte le dossier de sa chaise, attentif.

— Vous voyez le couple, là, sur la gauche ?

— Ouais.

— Eh bien, d'après un bout de conversation que j'ai surpris tout à l'heure, j'ai l'impression qu'ils partent demain ou après-demain.

— Et puis ?

— Ce que j'ai entendu, c'est que la femme projette de laisser une partie de ses affaires ici.

— Je ne comprends pas, intervient Julien.

— Elle a parlé d'une robe, d'une paire de sandales et de quelques autres vêtements dont elle veut se défaire parce qu'elle ne les aime plus et qu'elle veut alléger sa valise en vue du retour.

— Et ?

— C'est toi qui me poses cette question, Camille ? Si ces gens prévoient d'abandonner une partie de leurs affaires ici, il est possible que ce soit aussi le cas d'autres clients de cet hôtel. Pense au trésor qu'on pourrait ramasser si toutes ces personnes nous confiaient les choses dont elles ne veulent plus !

— Je crois que je commence à comprendre, déclare Camille.

— Moi, je ne comprends rien du tout, avoue Julien.

— Camille a des tantes, des oncles et des cousins qui vivent ici.

— Oh ! Super ! Et puis ?

— Et puis, il leur manque beaucoup de choses que nous pouvons nous procurer facilement chez nous.

— Comme quoi ?

Camille et moi prenons le temps de raconter à Julien ce que nous avons vu depuis que nous sommes à Cuba.

— Incroyable ! Mais que pouvons-nous faire ? Quel est ton plan, Jules ?

— J'ai pensé que nous pourrions organiser une collecte.

— Une quoi ?

Julien a l'air très étonné, mais il semble vraiment intéressé.

— Une grande quête, une sorte de récolte. On pourrait faire le tour des Québécois de l'hôtel et leur expliquer que s'il y a des choses dont ils souhaitent se débarrasser à la fin de leurs vacances, nous proposons de les ramasser pour les donner à une famille de Cubains qui en a besoin.

— Je ne suis pas certaine que mes oncles aimeraient que nous parlions de leur famille en ces termes, soulève Camille.

— Il n'est pas question de les froisser. Si les membres de ta famille n'ont pas besoin de ce qu'on nous donnera, je suis certaine que tu trouveras à qui offrir les affaires que nous aurons réunies. Tu retournes bien à La Havane la semaine prochaine, non ?

— Oui, bien sûr.

— Tu te souviens de ce garçon que nous avons rencontré sur le Paseo del Prado ?

— Bien sûr que je m'en souviens. Il s'appelait Rodrigo et il t'a fait pas mal d'effet, non ?

— Ah bon ! fait Julien.

Mauzusse de Camille, des fois ! Embarrassée, je poursuis en rougissant.

— Ses chaussures étaient attachées à la semelle avec de la ficelle, dis-je en me tournant vers le garçon.

— Oh !

— Ça faisait presque pitié ! renchérit Camille.

— Je comprends. Je veux bien vous aider, mais… on s'y prend comment ?

Encouragée, je me lance.

— C'est simple, on aborde les clients francophones de notre hôtel, on leur explique notre projet et on rassemble tout ce qu'on peut récolter pour ensuite remettre le tout à la mère de Camille qui s'occupera de les distribuer.

— Jules, quelle idée de génie ! s'enthousiasme Camille. Au cours de sciences, mon prof nous a expliqué que chaque année, les Québécois envoient à eux seuls environ 27 000 tonnes de trucs aux ordures. La plupart de ces choses pourraient encore être utiles.

— Vraiment ? s'étonne Julien, ça semble trop énorme pour être vrai.

— C'est pourtant le cas ! confirme mon amie. Ça m'a frappée, alors j'ai mémorisé le chiffre. Les Québécois consomment immodérément et jettent au fur et à mesure. Tout le contraire de ce qui se passe ici.

— Ouais. Ça porte à réfléchir…

— Nous pourrions commencer par identifier les clients de l'hôtel qui sont francophones. Ce sera moins intimidant de s'adresser à eux, mais on n'est pas obligés de s'y limiter. On aborde donc les gens qui nous semblent faciles d'approche, on leur explique que nous projetons de faire un cadeau à une famille que nous avons rencontrée ici, et on demande s'ils veulent faire un don d'objets ou de vêtements. Les produits de toilette, les livres, les médicaments et les vêtements, on accepte tout !

— Mes parents dînent tous les soirs avec deux autres couples avec qui ils ont sympathisé dans l'avion, intervient Julien. Je pourrais leur parler ce soir. Ils sont cool. Je suis certain qu'ils accepteront de donner un petit quelque chose. Mes parents aussi, d'ailleurs.

— De mon côté, j'ai l'intention de commencer par ce couple, là, dis-je en me levant et en montrant du menton la femme à ma gauche, celle qui se moquait tout à l'heure du polo rose de son mari.

— Tu vas y aller maintenant ? demande Camille, incrédule.

— Regarde-moi faire !

13 H

Feignant l'assurance, je me dirige vers le couple, morte de trac. Une fois devant l'homme et la femme, je m'arrête net, serrant mes mains l'une contre l'autre. *OMG !* Comment ai-je pu me mettre dans une situation pareille ? Je suis malade de timidité dès que je dois m'adresser à des gens que je ne connais pas !

Respire, Jules, respire. Bien décidée à faire de mon projet un succès malgré tout, je relève la tête et prends mon courage à deux mains (moites).

— Euh, bonjour…

Surprise, la femme lève les yeux sur moi.

— Oui. Tu as besoin de quelque chose, ma petite ? questionne-t-elle.

Ça y est, ma belle assurance s'est envolée ! En bégayant un peu, je tente d'expliquer mon projet de façon claire et convaincante. La femme et son mari m'écoutent poliment jusqu'au bout, sans m'interrompre. Je leur en suis éperdument reconnaissante.

— Et comment comptes-tu remettre tout ce que tu auras récolté, ma belle fille ? demande l'homme.

Il me sourit gentiment et son expression est encourageante.

— Euh, nous prévoyons de confier le tout à la famille de mon amie qui est là. Ses oncles et ses tantes sont cubains et vivent à La Havane.

— Et on peut savoir pourquoi vous n'avez pas vous-même apporté des trucs à leur donner ? s'informe la dame, méfiante.

Mégère !

— Nous l'avons fait, mais comme nous n'avions droit qu'à une valise et un bagage à main par personne, nous n'avons pas réussi à apporter de quoi offrir un petit quelque chose à chacun des membres de la famille. C'est qu'ils sont vraiment beaucoup, expliqué-je, la mine un peu désespérée.

— Je comprends. Qu'en penses-tu, chéri ? interroge la femme en se tournant vers son mari. On parlait justement de laisser des affaires ici tout à l'heure.

— Je pense que, tant qu'à abandonner des vieux vêtements ici, autant qu'ils puissent rendre service à quelqu'un.

S'adressant directement à moi, il poursuit :

— Nous quittons l'hôtel demain soir, ma belle fille, mais nous devons laisser notre chambre à midi demain. Passe nous voir autour de 11 h et nous te remettrons ce que nous ne souhaitons pas rapporter. Nous sommes dans le bâtiment numéro 12, chambre 1225.

— Oh ! merci beaucoup ! m'exclamé-je, mémorisant mentalement le numéro de leur chambre. Je frapperai à votre porte en fin de matinée demain, sans faute !

Trop fière d'avoir réussi à les convaincre à moi toute seule, je tourne vite les talons pour aller retrouver mes amis avant que le couple n'ait le temps de changer d'avis. J'ai le sourire fendu d'une oreille à l'autre.

— Et puis ?

— Et puis, ils m'ont demandé de passer prendre les affaires qu'ils souhaitent m'offrir demain matin, à 11 h.

— Génial ! Tu es absolument géniale, mon amie ! s'écrie Camille.

— Wow ! Bravo, Jules, renchérit Julien en me faisant un *high five*.

Je rosis de plaisir.

13 H 30

— Alors, les filles, ça se passe bien ?

Camille et moi sursautons en entendant la voix de Nathalie. Nous n'avons pas vu passer le temps !

— Oui, et toi ?

— Je me sens mieux. Bonjour, ajoute-t-elle en saluant Julien, avec un sourire amusé. Je m'appelle Nathalie.

Il prend sa main tendue.

— Euh ! Bonjour ! Je m'appelle Julien.

— Enchantée, Julien. Tu viens manger avec nous ?

Elle pose la question comme si elle trouvait tout à fait banal de nous voir en compagnie d'un garçon qu'elle ne connaît pas.

— Euh ! Ouais. Ouais, avec plaisir !

Julien hoche la tête avec enthousiasme. On dirait que la mère de mon amie lui plaît bien.

— On va où, m'man ? s'enquiert Camille, tout aussi naturelle.

— Ça vous dit d'aller au buffet de la plage ?
— Bonne idée. Je meurs de faim, accepte Julien.
— Moi aussi, dis-je.
— Allons-y, alors !

14 H

Attablés au Café Ranchon, Julien, Camille et moi racontons notre matinée à Nathalie, sans omettre le moindre détail. Quand on en arrive à mon projet, Nathalie s'émeut.

— Oh ! Et qui a eu cette idée ?
— C'est Jules !
— Vraiment ?
— Ben ouais, dis-je.

Pourquoi ce serait pas moi ?

— Quelle idée formidable ! Je ne crois pas qu'il soit très courant que des ados en vacances dans un hôtel cinq étoiles pensent à une action de ce type, alors qu'ils pourraient très bien se contenter de passer leurs après-midis à se dorer au soleil en s'examinant le nombril. Bravo !

16 H

Camille, Julien et moi avons ramassé nos affaires sur la plage et décidé de nous installer près de la piscine; à cette heure-ci, c'est là que sont rassemblés la majorité des clients de l'hôtel. Nous ouvrons grand les oreilles, à l'affût de la langue que parlent les vacanciers dispersés autour de l'énorme bassin d'eau chlorée. Voici notre plan de match: Quand nous réalisons qu'un couple ou une famille est francophone, nous passons quelque temps à les observer (voire à écouter leurs conversations discrètement), histoire de s'assurer qu'ils sont plutôt ouverts avant de les aborder. Pas question de prendre le risque d'être rabroués par des gens stupides. Dans cette optique, nous repérons un couple dans la trentaine avec deux petites filles d'environ quatre ou cinq ans. C'est au tour de Camille de se lancer. J'admire sa technique. Plongée dans la piscine jusqu'à la taille, elle commence par s'attirer la sympathie des fillettes en offrant de leur lancer un ballon. Puis, sortant de l'eau en tenant les enfants par la main, elle fait un compliment à la maman:

—Elles sont vraiment adorables!

—Oh! Merci! C'est vrai qu'elles sont gentilles. Vous êtes Québécoise aussi?

—Oui, je viens de Montréal.

—Vous voyagez avec vos parents?

—Avec ma mère.

— Vous avez vraiment le tour avec les enfants. Vous faites du *baby-sitting* ?

— Ça arrive.

— Génial ! Vous faites quoi ce soir ?

— Euh… pourquoi ?

Je n'entends pas la suite, mais lorsque Camille me regarde avec des points d'interrogation dans les yeux, je hoche la tête en signe d'encouragement. Après tout, c'est pour une bonne cause ! Le sourire un peu figé, elle revient vers nos chaises longues.

— Je garde deux enfants ce soir à 20 h.

Ouch ! Je retiens un fou rire ! Pauvre Camille ! La voilà qui vient d'hypothéquer sérieusement sa deuxième soirée de vacances à Varadero !

— Félicitations ! Tu leur as parlé de notre projet ?

Elle hausse les épaules en signe d'impuissance.

— Je le ferai ce soir lorsqu'ils rentreront de leur sortie…

— On pourrait se voir après, peut-être ? propose Julien.

— J'aimerais bien, accepte Camille, et son sourire revient miraculeusement.

16 H 30

Je rentre à la chambre pour me préparer en vue du dîner. En entendant le bruit de la douche, je réalise que ma mère est déjà là. Je me sens collante et j'ai chaud, alors je suis contente de profiter de l'air climatisé. Je m'allonge sur mon lit et allume la télé pour tomber sur un vieil épisode d'*Hannah Montana* doublé en espagnol. Hilarant ! Miley Cyrus parle si vite qu'on a peine à croire qu'il s'agit bien d'elle ! Lorsque maman sort de la salle de bain, je suis pliée en deux de rire.

— Alors, pucette, tu as passé une belle journée ?

— C'était génial ! Et toi ?

— J'ai visité tous les hôtels de la chaîne situés à Varadero. Il y en a quatre, tu te rends compte ?

— Hum ! Pas vraiment, mais c'pas grave.

— Celui où nous sommes est de loin le plus grand et le plus luxueux.

— Ah, ouais ?

— J'ai visité les cuisines de tous les restaurants. C'était très intéressant.

— Hum...

— Qu'avez-vous fait, Camille et toi ?

— On s'est baignées et on a eu TELLEMENT de fun.

Je lui raconte en détail les événements de la journée. Elle s'extasie.

—Vous n'avez pas perdu votre temps, c'est le moins qu'on puisse dire. J'ai hâte de rencontrer ce garçon. Et puis, quelle idée géniale, cette collecte de vêtements ! Je suis fière de toi !

J'aime bien quand ma mère est fière de moi. Ce n'est pas que ça compte vraiment, mais ça fait drôlement plaisir. Vous voyez ce que je veux dire ?

—J'vais prendre ma douche aussi, m'man.

17 H 30

Enveloppée dans une serviette de bain, je passe le contenu de ma valise en revue avec désespoir. Ma mère dit qu'il faut s'habiller chic pour sortir dîner. Nous devons d'abord rejoindre Camille et Nathalie au bar du hall de l'hôtel, pour prendre l'apéro. Même si Camille et moi ne buvons pas d'alcool, c'est *chill* de boire un cocktail avec les adultes à 18 h.

Mais le problème, là, c'est que je n'ai absolument rien à me mettre sur le dos ! Rien d'intéressant, je veux dire. Rien de spectaculaire ni de tellement génial que les garçons n'auraient pas d'autre choix que de cligner des yeux pour éviter d'être éblouis... J'essaie une petite robe à motifs aztèques que je n'ai pas portée depuis plusieurs mois. Bof ! Trrrèèès ordinaire ! Et puis, comment se fait-il que je n'aie pas autant de poitrine que Camille, si nous sommes nées le même mois de la même année ?

Maman a choisi une très jolie robe en soie verte, qui fait ressortir ses cheveux blonds et ses yeux pers. Elle est bien belle (pour une vieille de plus de quarante ans). Je ne vais tout de même pas sortir avec elle habillée comme un sac de pommes de terre ! Et puis, j'en ai marre de porter des sandales à talons plats. Je me demande si je pourrais lui emprunter une paire de chaussures... Je lorgne du côté de ses petites sandales dorées à talons hauts. Elles sont tellement mignonnes ! Je glisse mes pieds dedans. Le défi, ce n'est pas de les enfiler, mais de marcher ! Oups ! Le sol de céramique est glissant. Je me mets à battre des bras comme à la nage pour tenter de conserver mon équilibre, mais c'est peine perdue et je me retrouve par terre. On se reprendra pour les chaussures à talons hauts... Un peu honteuse, je me relève et reviens vers ma propre valise. En désespoir de cause, je me rabats sur des gougounes argentées et une robe fleurie que j'ai portée au moins mille fois l'été dernier. P'tite vie !

18 H

Il y a foule dans le hall pour l'apéro. Ma mère a commandé un *piña colada* pour elle et un autre, *sin alcohol,* pour moi. Nathalie a choisi un Cuba libre. C'est un cocktail à base de rhum, de lime et de cola. Yeurk ! Camille, elle, ne boit que du cola.

— Vous avez des projets pour demain, les filles ? nous demande Nathalie.

— Nous pensions aller à la plage de bonne heure, lui répond Camille. Tu es d'accord ?

— Malheureusement, ce sera sans moi, rétorque sa mère. Je n'aime pas beaucoup lézarder au soleil pendant des heures. Et puis, j'ai promis à Marianne de l'accompagner en matinée pour voir le centre historique de Varadero. Nous ferons un tour de ville, puis nous visiterons le Museo municipal. Vous devriez venir !

— Nooon, merci !

Camille et moi avons répondu d'une seule voix...

— Vous ne savez pas ce que vous manquez. Il y a plein de choses à apprendre dans les musées, et puis, à l'heure du lunch, nous irons visiter la Maison Dupont, insiste ma mère.

— Encore un truc d'écrivain ? demandé-je.

— Pas cette fois, Jules, intervient Nathalie en riant. Il s'agit plutôt d'une somptueuse villa ayant appartenu à un milliardaire et qui a été transformée en hôtel. À l'intérieur se trouve un fabuleux restaurant. Marianne veut le mentionner dans l'article qu'elle prépare sur Varadero parce qu'il s'agit apparemment du meilleur restaurant de toute la région.

—Meilleur que le Siá Kará Café? interroge Camille.

—Je ne crois pas, mais je vous en donnerai des nouvelles, promet Nathalie en nous faisant un clin d'œil.

—Ça veut dire que vous allez nous laisser seules pratiquement toute la journée? m'étonné-je.

—Pas toute la journée, n'exagérons rien, réplique maman. Seulement quelques heures, peut-être jusqu'au milieu de l'après-midi. Et puis, votre nouvel ami sera là, lui, non? Pensez-vous qu'on peut lui faire confiance?

—Absolument!

Trop cool!

Nous cherchons spontanément Julien des yeux. Quand Camille et moi lui avons posé la question, il ne savait pas où ses parents avaient prévu de dîner, ni à quelle heure, mais nous avons convenu de nous retrouver dans le hall autour de 19 h 30, avant que Camille ne parte veiller sur les petites filles du couple rencontré cet après-midi.

19 H 30

Ce n'est qu'une fois notre dîner à peu près terminé que nous localisons Julien. Camille et moi tombons nez à nez avec lui devant le congélateur à crème glacée.

— Enfin, vous voilà ! On fait quoi après ? demande-t-il, enthousiaste.

— Maman et la mère de Camille veulent voir le spectacle, mais il paraît qu'il y a un feu sur la plage pour fêter la Saint-Jean-Baptiste. Moi, j'aimerais bien y aller, mais Camille ne peut pas, annoncé-je.

— Ouais, confirme Camille en soupirant. Je dois être au pavillon numéro 5 un peu avant 20 h, et je n'ai pas la moindre idée de l'heure à laquelle je terminerai. Mon petit doigt me dit que les parents des petites filles dont je dois m'occuper risquent de ne pas rentrer tôt, compte tenu de l'heure à laquelle ils sortent dîner.

— T'as raison. C'est vraiment plate, dis-je, compatissante.

Julien pose gentiment sa main sur l'épaule de mon amie.

— Sois pas triste, Cam ! C'est pour une bonne cause que tu fais ce sacrifice. De notre côté, on va essayer de se faire de nouvelles relations. S'il y a un feu de la Saint-Jean-Baptiste, il y aura sûrement plein de Québécois autour. Hein, Jules ? On t'attendra au cas où tu pourrais nous retrouver à une heure décente. Et puis, on va avoir *full* fun, demain à la plage, promis !

— On pourrait aller faire du pédalo ? suggéré-je.

— Ce serait super ! approuve Camille. Oui, vivement demain ! Bon, ben, il faut que je vous laisse. Je n'ai plus vraiment faim et je dois aller avertir ma mère que c'est l'heure de partir. Elle a insisté pour m'accompagner afin de rencontrer les parents des petites filles.

Nous lui faisons des signes d'au revoir pendant qu'elle s'éloigne, l'air un peu malheureux.

— On se rejoint à la porte à 20 h ? propose Julien.

— Mieux vaut que tu viennes un peu avant. Je pense que ma mère voudra savoir avec qui je passe la soirée avant de me laisser partir.

— D'accord ! À tout à l'heure, alors.

— À tout à l'heure.

20 H 30

Julien et moi nous promenons dans le complexe. À la fin de leur repas, ses parents l'ont accompagné à notre table pour faire la connaissance de ma mère et de Nathalie, de retour après avoir conduit Camille. Ils étaient avec un autre couple d'amis. Ces six-là se sont tout de suite trouvé des intérêts en commun ! Bien entendu, ils sont tombés d'accord pour aller voir ensemble le spectacle présenté à l'amphithéâtre de l'hôtel. Tant mieux. Ça nous facilite les choses, à Julien et moi.

— Votre fille est en sécurité avec notre fils, madame, ne vous inquiétez surtout pas. C'est un gentleman et il saura prendre soin d'elle, affirme le père de Julien.

— Mais je n'en doute pas, assure ma mère.

— Et puis, mieux vaut laisser les jeunes avec les jeunes, renchérit la mère de mon amie en souriant.

Ce n'est pas moi qui vais la contredire…

— Je préférerais ne pas les laisser seuls toute la soirée par contre, reprend maman, dans un sursaut de sollicitude maternelle. Ils sont encore si jeunes…

— Allez voir votre spectacle, puis venez nous rejoindre sur la plage, proposé-je.

— Bonne idée !

23 H

Décidément, cette soirée est fantastico-fabulo-extraordinairistique ! Sur la plage, les employés de l'hôtel ont allumé un immense feu de joie à l'intention de tous les touristes francophones. Parce qu'il paraît que les Français aussi fêtent la Saint-Jean-Baptiste le 24 juin, même s'il ne s'agit pas de leur fête nationale. Nous sommes une quarantaine de Québécois, il doit y avoir une vingtaine de Français et des gens de plein d'autres nationalités se sont joints à nous. Les parents de Julien, leurs amis et ma mère sont arrivés autour de 22 h et, à 22 h 45 pile, Camille et sa mère sont aussi venues nous retrouver. Julien et moi étions rudement contents de revoir notre amie !

Nous sommes tous assis en rond près du feu. Il fait encore bien chaud, il y a des milliers d'étoiles dans le ciel et les vagues qui viennent se briser sur la plage, tout près du feu, donnent un aspect absolument féérique à l'ensemble du tableau. Je ne voudrais être nulle part ailleurs !

— Vous savez quoi ? questionne Camille.

— Non, dis-nous.

— Les parents des fillettes que j'ai gardées ce soir m'ont donné des affaires qu'ils ne pensaient pas rapporter au Québec.

— C'est vrai ? Comme quoi ?

— Ben, surtout des vêtements de leurs filles. La mère a dit qu'elle avait mis des habits dans la valise sans les leur faire essayer auparavant et que plusieurs ne leur vont plus parce qu'elles grandissent vite. Deux t-shirts, une salopette et une robe. Elle m'a aussi donné un bermuda pour homme qui est trop petit pour son mari (il paraît qu'il a grossi depuis leurs dernières vacances) et une robe de plage qu'elle a achetée sur un coup de tête avant de venir ici, mais qu'elle n'ose pas porter parce qu'elle la trouve trop courte.

Le papa de Julien surprend notre conversation.

— Julien m'a parlé de votre projet de collecte de vêtements pour la famille de Camille, lance-t-il. Je trouve que c'est une très bonne idée et j'aimerais vous aider.

— Vraiment ? s'exclame Camille, ravie.

— Nous avions pris des médicaments et des objets de toilette en pensant les offrir à notre femme de chambre, mais nous en avons emporté suffisamment pour pouvoir partager avec vous. Une bonne idée mérite d'être encouragée. Je vais aussi en parler aux Québécois qui occupent les chambres autour de la nôtre.

— *Chill*, p'pa !

— Oh ! merci, m'sieur ! ajouté-je.

Il est trop cool, le père de Julien !

23 H 45

Trente minutes après avoir dit souhaiter nous aider, le père de Julien a mis la moitié des gens assis autour du feu au courant de notre projet. Il nous a fallu aller chercher un papier et un crayon pour noter les numéros de chambre de toutes les personnes qui veulent nous soutenir ! Monsieur Tremblay (c'est le nom de famille de Julien) dit qu'il collectera lui-même les vêtements promis par les gens qu'il a convaincus ce soir.

— Je n'aime pas l'idée de vous voir faire le tour des chambres de tous ces étrangers, les filles ! On ne sait jamais ce qui peut arriver. Laissez-moi faire.

Camille et moi sommes TELLEMENT conteeentes !

Jeudi 25 juin

8 H 30

Julien, Camille et moi sommes venus à la plage très tôt ce matin, avant même de prendre notre petit déjeuner, en fait. Nous voulions non seulement choisir les meilleures places près de la mer, mais également avoir le temps d'en profiter. Me voilà devenue une véritable lève-tôt ! Il faut dire que la journée sera chargée…

— À 11 h, commencé-je, je dois aller frapper à la porte du couple que nous avons rencontré ici hier matin.

— Mon père prendra la relève dès cet après-midi, nous informe Julien. Ce serait quand même le fun qu'on trouve le temps de faire du pédalo, et peut-être aussi du kayak !

— T'as bien raison, approuve Camille.

— Ouais, les vacances passent tellement vite !

La mer me semble pas mal plus agitée qu'hier, cependant. L'eau est trouble, et des genres de cloches gélatineuses flottent un peu partout à la surface. Beurk !

— Ce sont des méduses, explique Camille, une sorte d'animal marin. Elles étaient très jolies à l'aquarium, mais on n'aime pas se baigner avec elles.

— Pourquoi ?

— Il paraît qu'elles piquent et que ça brûle drôlement, répond Julien.

— Certaines variétés peuvent complètement paralyser leurs proies, et d'autres sont même mortelles, renchérit Camille.

— Sérieux ?

— Alors moi, je ne me baigne pas aujourd'hui, en tout cas, déclare Julien.

— Même si tu le voulais, tu ne pourrais pas. Le drapeau rouge est levé, regarde, lui montre Camille en pointant un bout de tissu écarlate attaché à un poteau, juste à côté de la chaise des sauveteurs.

— Bof ! Pas besoin de se baigner. Du moment qu'on peut bronzer et profiter de l'absence de nos parents, dis-je.

— Je pense que nos mères ont demandé à celle de Julien de jeter un coup d'œil sur nous de temps en temps, nous apprend Camille en lançant un regard en coin vers Julien.

— Ça se peut, confirme ce dernier, mais vous en faites pas, les filles, elle est très relax, ma mère, pas du tout du genre mère poule.

9 H

Nous sommes de passage au buffet pour y prendre notre petit déjeuner. D'un commun accord, nous décidons de rassembler de quoi faire un pique-nique que nous mangerons sur la plage. À la suggestion de Nathalie, nous sommes d'abord passés chercher dans sa chambre un grand panier d'osier qu'elle a apporté depuis La Havane et qui lui sert habituellement à faire des courses. Il sera parfait pour transporter nos provisions ! Nous y déposons en vrac des bananes, des petits pains, des croissants et des chocolatines, enveloppés dans des serviettes en papier. Nous ajoutons aussi de petits yogourts emballés individuellement, des œufs durs et trois bouteilles d'eau. De quoi tenir le coup jusqu'à midi !

— De toute façon, si jamais on a encore faim après tout ça, rien ne nous empêche de revenir manger au buffet autour de 10 h, rappelle Julien.

J'espère qu'il rigole. Si je continue à bouffer comme une baleine, je ne pourrai bientôt plus entrer dans un seul de mes maillots de bain et je serai obligée de les abandonner ici, moi aussi !

10 H

Camille et Julien roucoulent comme des tourtereaux. C'est bien joli et ça me fait plutôt plaisir pour eux, mais... et moi ? Je suis invisible ou quoi ? La vérité, c'est que je me sens un peu laissée pour compte avec tous ces « j'adore tes cheveux, Camille » ou « oh ! Juliiieeen ! C'est la première fois que je vois un gars avec un vrai *six pack*[L]. Je peux y toucher ? ». Me retrouver troisième roue de vélo, j'aime pas trop... Ce serait tellement génial si Dimitri était là ! Mais faut pas rêver. Y a jamais rien de parfait dans la vie...

Un peu désœuvrée, je passe le temps en regardant autour de moi. À l'entrée de la plage, tout près du bar, j'aperçois la mère de Julien qui me fait un petit signe de la main en souriant. Cool ! On s'est délestés de deux chaperons pour en gagner un autre.

10 H 55

— C'est l'heure d'aller frapper à la porte du couple de Québécois d'hier dans l'immeuble numéro 12. Vous venez avec moi, gang ?

Julien se lève galamment d'un bond.

— On ne te laissera certainement pas y aller seule ! Tu viens, Camille ?

— Bien sûr !

Je ne suis pas si seule que je l'imaginais finalement ! Vive l'amitié !

11 H

Je frappe à la porte de monsieur et madame X (oups ! je n'ai pas la moindre idée de leur nom...). Julien et Camille sont juste derrière moi, un peu en retrait.

— Oui ?

La dame qui vient d'ouvrir la porte ne paraît pas du tout se souvenir de moi.

— Euh ! Bonjour. Vous me reconnaissez ? Je viens chercher les vêtements que vous comptez laisser ici.

— Quoi ?

Son air ahuri me semble mauvais signe.

— Nous nous sommes parlé hier sur la plage. Je fais une collecte de vêtements pour une famille cubaine.

— Ah ! Oui. J'allais vous oublier.

Elle ouvre grand la porte et nous invite à entrer tous les trois.

— J'ai préparé ceci hier soir, dit-elle en nous montrant la corbeille à papier située à côté du secrétaire.

Dedans sont entassés, au milieu de vieux papiers et de canettes de bière, un polo rose pour homme, une robe soleil, un slip pour homme, un maillot une pièce pour femme et une paire de sandales pour femme qui semble avoir été portée cent ans. Comme la dame ne fait pas mine de vouloir sortir elle-même les trucs de la corbeille, je me penche et plonge vaillamment une main dedans. Je remarque qu'un peu de bière s'est répandue dans le fond. Beurk ! Elle a dû tacher les vêtements qui ne semblent pas être de la première fraîcheur. Je plisse le nez de dégoût, sans trop savoir quoi faire. Heureusement, Julien vient à mon secours.

— Vous n'auriez pas un sac en plastique pour y mettre tout cela ? questionne-t-il.

— Malheureusement non. Nous utilisons tous ceux que nous avons, l'informe la dame.

— Ce n'est pas grave, commente Julien. Je vais les emporter tels quels.

Il sort le polo et la robe de la corbeille mais décide d'y abandonner le slip, le maillot de bain et la vieille paire de sandales. ☹ Je lui en suis reconnaissante !

11 H 30

Nous avons transporté les vêtements offerts par le couple de buveurs de bière jusqu'à la chambre que je partage avec ma mère. Réalisant qu'ils étaient humides, j'ai voulu les mettre à la poubelle, mais Camille a suggéré de plutôt les laver. Je n'y aurais pas pensé. Bonne idée ! Alors, nous faisons la lessive... Dire qu'à la maison ce sont nos mères qui s'en occupent ! Il y a deux lavabos dans la salle de bain. Dans l'un, Camille frotte le polo pour homme avec un des petits savons fournis par l'hôtel, et dans l'autre, je fais tremper dans de l'eau froide additionnée d'un peu de shampoing la robe soleil que j'ai examinée minutieusement et qui ne semblait pas tachée. Une fois rafraîchie, elle sera comme neuve, je crois. Le polo avait une petite tache de bière devant, mais nous l'avons lavé à temps, selon Camille, et il ne devrait pas rester marqué. Le lavage terminé, nous procédons à l'essorage. C'est le plus difficile. La robe, en acrylique, est aussi facile à essorer qu'un mouchoir, mais il en va autrement du polo de taille XL 100 % coton. Heureusement, Julien est là pour nous donner un coup de main. C'est trop génial ! Ce sera certainement toujours amusant comme ça quand nous aurons notre propre appartement ! Mais ça, ce n'est pas pour tout de suite. En attendant, nous mettons le tout à sécher sur la terrasse avant de nous préparer à retourner sur la plage.

12 H

Le vent s'est calmé et le drapeau rouge qui interdisait la baignade a été levé et remplacé par un drapeau jaune.

— On pourrait peut-être aller faire notre tour de pédalo, suggère Julien.

— Bonne idée !

Aux limites de la plage de notre hôtel, deux hommes sont chargés de prêter de l'équipement sportif. C'est gratuit pour les résidents de l'hôtel, il n'y a qu'à donner un numéro de chambre. Moi, j'adore faire du pédalo. On a l'impression de réellement naviguer, mais le niveau de difficulté pour faire avancer l'engin est beaucoup moins élevé qu'avec un canoë, par exemple. Et puis, on peut être tous les trois dans la même embarcation. C'est plus cool que le kayak, enfin, à mon goût. Il paraît qu'on bronze deux fois plus quand on est sur l'eau. On va bientôt savoir si c'est vrai ! L'un des employés tend à chacun de nous une horrible veste de sauvetage orange. Je le remercie en faisant non de la tête. Pas question de gâcher mon look avec cette horreur ! Malheureusement, je déchante rapidement.

— Tu n'as pas le choix, Jules ! m'annonce Camille.

— Comment ça, pas le choix ?

— Sans gilet de sauvetage, on ne nous laissera pas partir. C'est le règlement.

— Mais, cette horreur va empêcher mon dos et mon ventre de bronzer ! Ça va être tellement laid !

— Tu bronzeras sur la plage tout à l'heure, intervient Julien. Allez, cesse de te plaindre et enfile ta veste.

— Mais…

— Pas de mais, allez, on t'attend !

En grommelant, je finis par me résigner à enfiler l'affreux accessoire. J'ai l'air d'un béluga orange, là-dedans. Poussez-vous, la baleine orange arrive !

12 H 15

L'homme qui nous a prêté les gilets nous aide ensuite à mettre à l'eau notre pédalo. La mer scintille sous l'effet des rayons du soleil, le ciel est parfaitement bleu et, une fois sur l'eau, il ne fait pas trop chaud parce qu'un petit vent doux nous rafraîchit. Je suis au paradis ! En pédalant ferme, on quitte les abords de la plage pour se diriger vers le large. Une fois bien éloignés de la berge, on plonge à tour de rôle pour se baigner. L'eau est si claire qu'on voit le sable au fond. Ça donne l'illusion qu'on pourrait se mettre debout sans perdre pied, mais ce n'est pas du tout le cas ! Je distingue des milliers de petits poissons multicolores. J'adore ! Ma veste de sauvetage continue de me « gosser[L] », mais je m'amuse quand même. Dans le fond, ils ont raison, ce n'est pas le moment de s'attirer des ennuis. On s'amuse trop !

À environ cinq cents mètres de la plage, une bouée blanche indique la frontière à ne surtout pas dépasser, nous a expliqué un des deux hommes. Ça, c'est un peu plate. Camille dit que les courants marins peuvent être traîtres par ici et que c'est pour cela qu'on nous impose des limites.

— C'est quoi, des courants marins ?

— Ce sont des forces au fond de l'eau qui peuvent être assez puissantes pour nous emmener très loin au large.

— Comment ça ?

— Ben, je ne comprends pas très bien comment ça marche au juste, mais mon père affirmait que quand l'eau chaude rencontre l'eau froide, par exemple, ça crée des courants contraires dangereux.

— C'est vrai que quand on se baigne, on sent parfois soudainement un petit changement de la température de l'eau à certains endroits, commente Julien.

— Hum ! Mieux vaut éviter de se laisser entraîner trop loin, d'abord, parce que moi, je commence à avoir rudement faim, et il n'est pas question que l'on ait de la difficulté à rejoindre le buffet, déclaré-je.

— Depuis qu'on est ici, tu ne penses qu'à manger, remarque Camille en riant.

— Même chose pour moi, dit Julien. De toute façon, on nous avait accordé le pédalo pour une heure. Le temps de virer de bord, on aura probablement atteint le délai, alors on y va ?

— On y va !

Courant pas courant, nos trois paires de jambes au travail nous ramènent rapidement vers le rivage.

13 H 15

D'un commun accord, nous décidons d'aller au barbecue installé près de la plage.

— On laisse nos affaires ici ? demandé-je.

— Bien sûr ! On va juste manger à côté et on revient, banane, répond Julien.

Pas certaine que j'apprécie qu'il m'appelle « banane ». (On aurait pu avoir d'autres projets pour l'après-midi, « crétin »...)

En passant, nous nous arrêtons saluer les parents de Julien. Sous la *palapa* abritant le barbecue, des hamburgers, des hot-dogs et des chips maison nous attendent. En l'absence totale de spaghettis, ça peut faire l'affaire !

14 H

De retour sur ma chaise longue, je me prélasse en espérant que le soleil me fera bronzer sans me donner l'air d'un homard femelle. Les yeux fermés (pour permettre à Julien et Camille de roucouler tranquillement), je me demande comment on fait pour distinguer les homards mâles des homards femelles. C'est plate à dire, mais je me sens carrément de trop aujourd'hui. Camille n'en a que pour Julien ! C'était pourtant mon amie avant d'être la sienne ! Suis-je jalouse ? J'espère que non, parce que la jalousie n'est pas un beau sentiment... En fait, je ne pense pas être jalouse. Bien au contraire, je suis contente pour Camille. Je me sens juste un peu seule, je crois. Quand Julien est là, je ne suis pas assez à l'aise pour raconter à ma copine tout ce qui me passe par la tête. C'est idiot ! Je me demande ce que fait Dimitri aujourd'hui. Je me demande aussi à quoi Gina et Gino sont occupés… Mais je ne vais pas commencer à avoir le cafard ! Pas question de me laisser aller à des idées stupides. Bon ! Je chasse les mauvaises pensées et cherche à me concentrer sur des choses plus importantes.

— Dis, Camille…

— Oui, Jules ?

— Tu crois que si je reste suffisamment longtemps au soleil, l'intérieur de mon nombril va bronzer ?

— Quoi ?

— Ben oui quoi, l'intérieur de mon nombril est tout blanc. Tu crois qu'il va finir par bronzer ?

Camille éclate de rire. Elle rit tellement qu'il lui faut se tenir les côtes.

— Oh ! Jules, c'est certainement ce que tu as dit de plus drôle aujourd'hui, hoquète-t-elle entre deux sursauts de rire. Si tu n'existais pas, il faudrait t'inventer.

— Ben quoi ? Je ne vois vraiment pas ce que j'ai dit de drôle.

Julien se met à rire, lui aussi. Décidément, je suis totalement incomprise ! Et seule de ma gang… Vexée, je me résous à ne plus m'occuper d'eux et je laisse mon regard errer sur la plage. À ma grande surprise, aucun palmier ne s'élève près de l'eau. Par contre, je remarque l'abondance d'arbres d'une espèce dont j'ignore le nom. Ces arbres sont très jolis, avec d'énormes feuilles rondes. Je n'ai jamais rien vu de pareil dans aucun de mes voyages. Encore moins au Québec.

Soudain, j'aperçois au loin une silhouette qui me semble familière. Un grand dos, un peu efflanqué, de beaux cheveux bruns et bouclés, de larges épaules dans un t-shirt que je crois reconnaître. J'écarquille les yeux pour mieux voir. Ce ne serait pas…

— Hé ! Camille. Ce ne serait pas ton cousin Dimitri, là ?

— Qui ?

— Ton cousin Dimitri, tu sais ? Celui qui joue du piano et de la guitare… Non, ça ne se peut pas, hein ?

Camille se lève d'un bond et plisse les yeux pour regarder au loin.

— Ça se peut sûrement, même si ça m'étonne, parce qu'il n'était censé arriver que demain. Maman a invité toute la famille à venir assister à la cérémonie.

— Hein ? Quelle cérémonie ?

— Tu ne te souviens pas ? Je t'en ai parlé quand tu es arrivée à La Havane. Maman et moi avons emporté les cendres de mon père pour les disperser ici, dans la mer. Ma mère dit que c'est ce qu'il aurait voulu.

Elle annonce ça comme s'il s'agissait de la chose la plus naturelle au monde. Je n'en reviens pas. Elle et sa mère ont fait tout le voyage avec les cendres de son père dans leurs bagages ? Brrr ! Ça donne froid dans le dos !

— Tu veux dire que vous allez refaire des funérailles ?

— Oui. Et toute la famille Delgado est évidemment invitée. La plupart n'ont pas pu se déplacer à Montréal, l'an dernier.

Elle s'interrompt, la main en visière pour mieux voir.

— Sais-tu quoi ? J'ai l'impression que tu as raison. C'est réellement Dimitri !

Elle met ses mains en porte-voix et crie :

— Eh ! Oh ! Dimitri ?

Au loin, la silhouette s'arrête et pose son regard sur nous. Le jeune homme sourit et commence à courir dans notre direction. Il s'agit bel et bien de Dimitri. Il porte l'un des t-shirts que maman et moi avons récupérés dans la valise du Russe… Ça lui va bien ! À la main, il tient ses gougounes rouges, ainsi que des palmes, un masque et un tuba.

—*¡Hola! ¿qué tal Julietta qué tal Camila pequeñita?*

14 H 15

Comme s'il nous avait quittées la veille, Dimitri ouvre les bras pour étreindre et embrasser sa cousine avant de m'accorder le même traitement. Je me trompe peut-être, mais il me semble plus sûr de lui que la dernière fois que je l'ai vu. J'ai aussi l'impression qu'il m'a gardée serrée contre lui un peu plus longtemps qu'il ne l'a fait avec sa cousine. Il échange ensuite une poignée de main avec Julien, puis va tout naturellement chercher une chaise longue qu'il approche sous notre *palapa*.

—Le soleil te fait mal, remarque-t-il en espagnol en montrant du doigt ma figure, qui est sans doute aussi rouge qu'une cerise trop mûre.

Bon, mieux vaut qu'il s'imagine que c'est effectivement en raison d'un coup de soleil.

—*Si*. C'est vrai qu'il y a beaucoup de soleil ici, dis-je levant la tête vers le ciel. *Mucho sol aquí.*

Je sais que j'ai l'air d'une vraie bécasse, mais ça n'a pas d'importance, je suis tellement CONTENTE de le voir. Je me demande ce qu'il fait ici...

— *¿Qué haces aquí?* l'interroge Camille.

Dimitri répond à Camille en parlant si rapidement que je ne comprends rien. Je me demande comment elle fait !

— Qu'a-t-il répondu ? demandé-je à mon amie.

Gentiment, elle traduit pour Julien et moi.

— Il dit qu'il est venu avec un oncle du côté de son père qui était de passage à La Havane hier, mais qui habite tout près d'ici. Le reste de la famille, c'est-à-dire sa mère, notre grand-mère et l'ensemble de la parenté qui vivent dans la capitale, ne doit arriver que demain. Il est venu à vélo depuis la maison de son oncle.

— C'est vraiment super ! dis-je en souriant au garçon de toutes mes dents.

Il n'a sans doute rien compris de ce que je lui ai dit, mais je m'en fous ! C'est pourtant l'occasion rêvée de pratiquer mon espagnol. Je fronce les sourcils et cherche quelque chose d'intelligent à dire. Euh !

— *¿Sabes cómo se llama este arbol?* demandé-je en indiquant du doigt le bel arbre aux feuilles rondes qui a attiré mon attention tout à l'heure.

— *Es un uva caleta. ¿Bonito, no?*

— *Si, muy bonito.*

C'est un *uva caleta,* qu'il dit. Drôle de nom pour une variété d'arbre. Je hoche la tête, ne sachant plus trop quoi dire après. Qu'avons-nous donc appris d'autre dans le cours d'espagnol, cette année ?

—*Estas muy guapa en este traje de baño,* me relance Dimitri.

Je baisse les yeux en rougissant. Il dit que je suis très jolie dans mon maillot de bain. C'est un peu audacieux de sa part, je trouve, mais ça me fait drôlement plaisir de l'entendre dire... Quel bonheur d'être quatre ! La vérité, c'est qu'il y a enfin quelqu'un qui s'occupe de moi, et j'adore ça. Il me plaît vraiment, ce garçon...

—*Vamos al mar,* proposé-je pour me donner une contenance.

—*Si, vamos,* répondent en chœur Camille et Dimitri.

Je ne sais pas si je me trompe, mais il me semble avoir vu passer une ombre dans le regard de Julien qui se lève pourtant pour nous accompagner. Il traîne un peu la patte, non ? Bah ! J'ai dû imaginer ça !

Une fois dans l'eau, nous nous amusons comme des fous ! Il y a des vagues énormes et Dimitri est géant comme plongeur. Il peut rester très longtemps sous l'eau sans respirer. Si longtemps en fait qu'il rapporte à la surface de splendides coquillages enfouis dans le sable. Je me demande bien comment il fait pour savoir où creuser pour les trouver ! Il en remonte deux énormes qu'il s'empresse de nous offrir, à Camille et à moi. Je suis béate d'admiration ! Ça nous fera des super souvenirs à rapporter au Québec, ça c'est sûr.

Encore une fois, j'ai vaguement l'impression que cela ne plaît pas beaucoup à Julien de nous entendre crier de joie en recevant nos menus présents, mais je balaie cette idée en me disant qu'il s'agit probablement d'un effet de mon imagination, souvent galopante. Trop, d'après maman.

15 H

Une fois de retour à notre *palapa*, nous voyons apparaître ma mère et celle de Camille.

— *¡Hola querido Dimitri! ¿Qué haces aquí?* s'étonne à son tour Nathalie. Le reste de la famille est-il avec toi ? s'enquiert-elle en espagnol.

Pendant que Dimitri explique à Nathalie qu'il est arrivé seul et comment, je m'enquiers poliment de la journée de ma mère, tout en pensant que ce serait l'fun qu'elle me laisse m'amuser encore un peu.

— Alors, m'man, ces visites ?

— C'était absolument génial ! J'ai appris beaucoup de choses et je crois que mon rédacteur en chef sera content. Et puis, nous avons mangé à la

Maison Dupont. Un endroit magnifique ! Il faut absolument que je t'emmène voir ça !

— Bof, on verra.

— Ça va, toi ? Tu t'amuses, poussinette ?

— Ouais. VRAIMENT !

— Salut, Julien ! Tu n'as pas l'air dans ton assiette cet après-midi. Ça va ? l'interroge Nathalie.

— Oui, oui, grommelle Julien, évasif.

— Dis, pitchounette, poursuit ma mère, Nathalie et moi pensions aller nous détendre près de la piscine. Ça te dérange si je te laisse encore un moment ?

— T'en fais pas, m'man. Je me débrouille très bien.

— Je vois ça. T'as l'air tellement heureuse ! Ça fait plaisir à voir.

Perspicace !

15 H 30

Mes amis et moi faisons des plans pour la soirée. Ce serait vraiment super de se balader au bord de la mer au clair de lune ! Dimitri explique en espagnol qu'il doit rentrer dîner avec son oncle et sa tante, mais qu'il peut très bien revenir plus tard.

— Qu'est-ce qu'il dit ? demande Julien.

— Il dit qu'il doit rentrer tout à l'heure, mais qu'il peut revenir ce soir, traduit Camille.

— Signale-lui que ce n'est pas nécessaire. On était très bien sans lui, rétorque Julien.

Sidérées, Camille et moi le dévisageons. Blague-t-il ?

— Ben voyons, Julien, calme-toi ! On a ben plus de fun à quatre qu'à trois, affirmé-je.

— Ça, c'est toi qui le dis !

Décidément, mon instinct ne m'a pas trompée. Julien se comporte comme une sorte de coq qui serait mécontent d'en voir arriver un autre dans sa basse-cour. Pathétique !

— Si ça ne fait pas ton affaire, tu peux rester avec tes parents ce soir, ne puis-je m'empêcher de lancer.

Les mots sont à peine sortis de ma bouche que je les regrette déjà. Ce n'est pas mon genre d'être méchante. Mais là, Julien me fait sortir de mes gonds.

— Allons, allons ! Arrêtez ça immédiatement ! nous intime Camille en se levant. Jules, tu vas trop loin. Tu devrais t'excuser. Quant à toi, Julien, tu te comportes en vrai bébé. Moi, je retourne me baigner. Tu veux venir ?

— Non. Je préfère aller faire un peu de kayak, décide Julien en sautant sur ses pieds à son tour.

— Tu y vas tout seul ? demandé-je. Écoute, Julien, je…

Il me coupe la parole avant que j'aie le temps de lui présenter mes excuses.

— Pourquoi pas ? Le kayak est fait pour ça, il me semble. Et puis, je ne suis plus un bébé, quoi que vous en pensiez !

Il paraît réellement furieux. C'est trop dommage, parce qu'on s'amusait jusqu'à présent. Et puis, je l'aime bien, Julien. Je prends sur moi de baisser le ton.

— À tout à l'heure, alors ? insisté-je.

— On verra, me rétorque-t-il en s'éloignant à grands pas.

Décidément… Oh ! Et puis, tant pis ! Camille et moi sommes en vacances ensemble pour la première fois depuis des années, il n'est pas question de se laisser aller à la mauvaise humeur. Qu'il fasse donc ce qu'il veut, Julien !

— Le dernier arrivé à l'eau est une nouille ! crié-je en me mettant subitement à courir.

— Ce ne sera certainement pas moi ! prétend Camille en démarrant à fond.

Sans avoir compris un mot de notre échange, Dimitri ne met pas longtemps à saisir ce qu'il doit faire. À mon grand désarroi, c'est moi qui entre dans l'eau la dernière ! Camille et Dimitri sont morts de rire. C'est donc à moi que revient le glorieux titre de « nouille de l'année ». Bof ! C'pas grave...

16 H

Camille, Dimitri et moi sommes en train de nous jeter de l'eau en riant fort quand Julien réapparaît. Il a emprunté un kayak et s'amuse à nous faire peur en nous effleurant avec son embarcation. En riant, il passe si près que j'ai l'impression qu'il menace d'entrer en collision avec l'un de nous. Moi, je ne suis pas rassurée du tout.

— OK, ça suffit, là, Julien. On trouve pas ça drôle, lui lance Camille qui est passée tout près de recevoir un coup de pagaie.

— Tu as perdu ton sens de l'humour depuis que ton cousin est arrivé, insinue Julien.

— Pas du tout ! Qu'est-ce que tu inventes, là ? C'est toi qui te montres désagréable depuis qu'il est là ! C'est quoi ton problème ? Reviens-en ! Allez, va t'éventer un peu en attendant, Julien Tremblay !

Camille le chasse d'un mouvement de bras sans équivoque. Elle s'est impatientée et, à voir l'expression qui apparaît sur le visage de Julien, ses paroles ont frappé fort. Piteux, notre nouvel ami s'éloigne avec son kayak en direction du large. Ça me fait un peu de peine, mais pas longtemps. Il l'a cherché après tout ! Cinq minutes plus tard, Camille, Dimitri et moi continuons à nous amuser sans plus lui prêter attention. Tant pis pour lui, il n'avait qu'à ne pas être si déplaisant ! À tour de rôle, Dimitri nous fait monter sur ses épaules avant de nous projeter à l'eau. Je bois la tasse à quelques reprises, mais je m'amuse follement. Comme la baignade était interdite toute la matinée, à cette heure-ci, une foule de gens sont dans l'eau, dont plusieurs familles avec des enfants. Le soleil cogne dur et ses reflets sur l'eau sont aveuglants.

16 H 30

Soudain, un cri déchire l'air. Une dame vient de hurler tout près de moi. Je me retourne et je vois qu'elle montre du doigt quelque chose au loin.

— Un requin ! Regardez, c'est un aileron de requiiin !

— Hein ?

— Où ça ? s'écrie Camille.

Autour de nous, c'est la débandade. Les gens poussent des cris, s'affolent, paniquent et sortent de l'eau en courant.

—*Parece ser un tiburón,* déclare calmement Dimitri.

Je traduis dans ma tête: Ça semble être un requin. Ai-je bien entendu?

—Un quoi?

—Sortez immédiatement de l'eau. Vite! ordonne en espagnol le cousin de Camille en nous prenant toutes deux par la main.

Sans nous laisser le temps de répliquer, il nous entraîne rapidement vers la plage. Une fois les orteils bien plantés sur le rivage, la situation m'apparaît plutôt excitante, mais les deux sauveteurs responsables de la sécurité de la plage trouvent cela moins drôle. Ils ont peine à suffire à la tâche. Deux femmes se sont évanouies et un homme se plaint de douleurs à la poitrine. Plusieurs enfants sont en pleurs. C'est le *free for all*! Je cherche des yeux l'aileron caractéristique du squale. Lorsque je l'aperçois, mon cœur bat très fort. Il s'agit de l'événement le plus exaltant que j'ai eu l'occasion de vivre depuis des mois. Une question de Camille me fait pourtant vite déchanter.

—Vous avez vu Julien? demande-t-elle. Voilà sa mère…

—Julien? Où est mon fils? s'enquiert la maman de l'adolescent, la panique dans la voix.

— Euh ! Il était en kayak par là-bas, tout à l'heure.

D'un geste imprécis, Camille balaie l'horizon de la main. L'angoisse apparaît sur son visage tandis qu'elle cherche son ami des yeux.

— Tu veux dire que mon Julien est toujours dans l'eau ? s'écrie la mère dont la voix est montée d'au moins deux octaves.

J'ai soudain du mal à respirer. Et s'il arrivait quelque chose à notre ami ? *OMG !* Pauvre Julien, nous l'avons traité si MAL tout à l'heure ! N'osant plus regarder sa mère, je scrute désespérément l'océan, moi aussi. Là ! Je crois l'apercevoir ! Il a dépassé les limites de la bouée et son kayak n'est plus qu'un point minuscule à l'horizon. Non mais, quel idiot ! C'est interdit d'aller si loin !

— Là-bas ! Je le vois, crié-je, en indiquant l'horizon.

— Où ça ? veut savoir monsieur Tremblay qui vient de rejoindre sa femme.

— Ahhhhh ! non ! hurle la mère. JULIEEEN ! REVIEEENS !

Complètement paniquée, la pauvre femme s'époumone en vain. Je doute que Julien l'entende à cette distance. Et les sauveteurs qui en ont plein les bras ! Camille roule des yeux affolés. Il faut sauver notre ami, mais comment ?

Réalisant ce qui est en train de se passer et n'écoutant que son courage, Dimitri se met à courir en direction de la mer. Il ne va tout de même pas essayer de sauver Julien à lui tout seul? Et le requin? Il est où? La bouche ouverte de surprise, je regarde le cousin de Camille plonger tête première dans les flots. *OMG!* Il est tellement courageux!

—DIMITRIII!

À côté de moi, Camille et la mère de Julien sont toutes deux en larmes. Monsieur Tremblay s'avance au bord de l'eau, les poings serrés de chaque côté du corps, impuissant.

16 H 45

C'est l'angoisse ! Les yeux fixés sur la ligne d'horizon, nous sommes maintenant des dizaines à suivre la progression de Dimitri, éperdus d'admiration devant son aplomb.

— Quelle bravoure ! lance un homme dans la trentaine.

À son accent, je reconnais qu'il s'agit d'un autre touriste québécois.

— Oui. Vous avez raison, approuvé-je tout bas. Quelle bravoure !

Dimitri nage comme un poisson. À sa droite, je remarque pourtant l'aileron du requin qui semble s'être immobilisé. Quelle horreur ! Que va-t-il arriver à mon ami ?

16 H 50

Au loin, la silhouette du kayak de Julien ne semble plus bouger. Sur la plage, des dizaines de bras gesticulent, tentant de lui faire signe de revenir. Est-il réellement possible que l'adolescent ne voie rien ? À moins que les courants ne soient en train de l'emporter ? Cette perspective me fait frémir d'épouvante. Pourvu que je me trompe ! Je jette un coup d'œil du côté des sauveteurs. Occupés à soigner les crises de panique des gens sur le rivage, ils ne semblent pas conscients du drame qui se joue toujours dans l'eau. Tétanisée, je reporte mon attention sur Dimitri. Où est-il ? Je ne le distingue plus !

16 H 55

Après plusieurs secondes d'angoisse, je repère mon ami cubain. Il est maintenant tout près de l'embarcation de Julien. Quant au requin, il semble avoir disparu. Je me tourne vers Camille.

— Tu vois le requin, toi ? Je l'ai perdu de vue et je ne le retrouve plus.

— Il était là il y a moins d'une minute, affirme-t-elle en me montrant vaguement un point au loin.

— Où ça ?

— Je ne sais pas, je ne sais plus.

Le scintillement du soleil sur l'eau nous éblouit et rend le suivi difficile. Brusquement, mon amie éclate en sanglots. Je la prends dans mes bras.

— Mon gen-gentil cou-sin ! hoquète-t-elle. J'ai si peur qu'il lui ar-ri-ve quelque chooose ! Et à Ju-lien aus-aus-si. J'ai été si dure avec luuuiii !

— Ne pleure pas, Camille. Tout va s'arranger, tu verras !

Bien que je tente de réconforter mon amie, je n'en mène pas large, moi non plus. Le regard toujours fixé sur l'eau, je cherche maintenant à localiser le requin, tout en luttant contre la panique qui menace de me gagner.

— Le requin ! Là ! Il est là ! Le requin est toujours là ! crie une dame près de moi en fixant un point en face de l'endroit où se trouvent les pédalos et les kayaks.

Sur le rivage, les hommes préposés à la location tentent une opération de diversion pour distraire le requin et le dissuader d'approcher de Dimitri et Julien. Un seau à la main, ils lancent des poissons morts à la mer. Au milieu d'eux, je reconnais notre pêcheur d'hier matin, avec son torse nu et sa salopette. Excité, le requin tourne en rond à l'endroit où tombent les poissons. Combien de temps ces hommes pourront-ils détourner l'attention du terrible squale ?

17 H

Sur la ligne d'horizon, je constate que Dimitri a rejoint notre ami et s'accroche à la pointe avant du kayak. Se retenant par le bras gauche, Dimitri montre du doigt le requin. J'imagine que Julien n'a pas besoin de comprendre l'espagnol pour deviner à quel point c'est l'émoi sur la plage. Il se met à gesticuler lui aussi. Sans doute les deux garçons tentent-ils de communiquer par signes. Quoi qu'il en soit, au bout d'un moment, je réalise que l'embarcation est en route pour revenir sur le rivage. Tandis que Julien pagaie, Dimitri l'aide en tirant le bateau vers lui, nageant vers nous.

— Hourra !

— Camille ! Ils reviennent par ici, Camille ! Ils sont sauvés !

— Et le requin, il est où ?

Nous portons toutes deux un regard anxieux en direction de la cabane de location. Le squale est toujours là. Pourvu qu'il ne remarque pas nos amis ! Les requins peuvent-ils sentir à distance l'odeur de la chair humaine ?

17 H 10

L'attente est interminable et l'inquiétude est à son comble. Camille, les parents de Julien, moi et plusieurs autres suivons des yeux, ébahis, la progression des garçons. Ils se rapprochent rapidement du rivage. Pourtant, un cri me fait soudain sursauter.

— Le requin !

Tournant la tête, je réalise que le pêcheur semble avoir épuisé sa réserve de poissons ! NOOON ! La nageoire dorsale s'éloigne pour se diriger droit vers nous. Ce n'est pas possible ! Cette aventure ne peut pas être en train de m'arriver ! Je ne peux tout de même pas voir mes deux nouveaux amis se faire dévorer sous mes yeux ! *OMG !* C'est un cauchemar, je dois me réveiller ! Je veux me réveiller ! Maman !

17 H 12

Dimitri et Julien se rapprochent de plus en plus du rivage. N'écoutant que son courage, l'un des sauveteurs, qui a ranimé les deux dames évanouies, entre à son tour dans l'eau et tape dessus avec une rame pour attirer l'attention du squale. D'autres hommes font de même. Quelqu'un a la bonne idée de leur apporter un reste de hamburger. Le sauveteur s'empresse de lancer dans la mer le bout de pain et le reste de viande. Heureux de pouvoir faire quelque chose, les gens sur la plage se mettent à jeter, eux aussi, leurs restes de pique-nique, afin de garder le requin sur la gauche, pendant que mes deux amis progressent sur la droite. Camille et moi nous serrons très fort l'une contre l'autre.

17 H 14

Ça y est, Dimitri et Julien ne sont plus qu'à quelques mètres ! Ils sont sauvés ! Le père de Julien est déjà à l'eau pour accueillir son fils. La scène qui suit est si poignante que les larmes me montent aux yeux. Le père serre très fort Julien dans ses bras, tandis que la maman court vers eux. Un tableau magnifique ! Camille et moi nous précipitons sur Dimitri. Il a été TELLEMENT courageux ! Un véritable héros !

— Dimitriiii !

Le sourire aux lèvres, le cousin de Camille sort de la mer en simulant celui qui revient d'une petite promenade sans grande importance. Camille lui saute au cou. Je la laisse faire. Après le décès de son père l'an dernier, la peur de perdre son cousin a drôlement dû l'ébranler. Elle verse quelques larmes dans le cou de Dimitri, qui rit en la serrant contre lui.

— Tout va bien, ma cousine, ne pleure pas, lui murmure-t-il gentiment à l'oreille en espagnol, tout en me regardant du coin de l'œil.

Lorsqu'il la laisse, j'hésite un moment, ne sachant trop que faire. Comme il ouvre de nouveau les bras, je me jette sur lui, trop heureuse de la conclusion de cette aventure.

— Bravo Dimitri ! *¡Gracias por* Julien*!*

— *¡No hay de qué amiga!*

Pendant ce temps, Camille va vers Julien qui peine à se libérer des bras de sa mère ne le lâchant plus :

— Mon bébééé !

Camille n'ose pas trop s'interposer, mais Julien, heureux de la voir, lui sourit.

— Camille !

Pétrie de remords pour ses dures paroles de l'après-midi et hyper contente de le voir sain et sauf, mon amie s'exclame :

— Oh ! Julien ! J'ai eu tellement peur qu'il ne t'arrive quelque chose !

— Ben voyons, pourquoi donc ? crâne notre ami, l'air au-dessus de ses affaires.

— Oh ! Laisse un peu ton orgueil de côté ! Tu nous as fait une peur bleue, voyons !

— Tu as failli me faire mourir d'angoisse, mon p'tit maudit ! renchérit sa mère en le repoussant brusquement. Espèce de grand fou !

— Comment ça ?

— Ne me dis pas que tu n'avais pas vu que tout le monde avait quitté la plage à cause du requin ? intervient son père.

— Ben, le problème, c'est que je me suis laissé emporter par le courant, avoue finalement le jeune homme.

Prenant la main de Camille, il s'enquiert :

— Tu t'es vraiment inquiétée pour moi ?

— J'étais malade de peur !

Puis, dans un élan de reconnaissance, il s'approche de Dimitri et lui tend la main.

— Euh *¡Muchas gracias, amigo!*

— *¡No hay de qué, amigo!* répond le cousin de Camille, magnanime.

Tous deux se font une virile accolade, sous le regard attendri des gens autour d'eux. Tout est bien qui finit bien ? Pas encore !

— Alors, on fait quoi ce soir ? lancé-je.

Je vois ma mère et celle de Camille poindre à l'horizon, l'air de se demander ce qu'il se passe. Lorsqu'on leur aura raconté notre aventure, ce ne sera pas de la tarte de les convaincre qu'elles peuvent continuer de nous laisser sans surveillance...

19 H

Maman et Nathalie ont proposé que nous mangions toutes les quatre ensemble dans notre chambre, ce soir. Camille et moi étions tout à fait d'accord. Non seulement nous avons besoin de nous remettre de nos émotions, mais nous n'avons surtout pas envie de traîner deux heures dans la salle à manger, puisque nous avons rendez-vous avec Julien et Dimitri à 20 h tapantes, sur la plage. Le hic, c'est que je crains que ce ne soit pas facile de convaincre nos mères de nous laisser sortir seules avec les garçons après ce qui s'est passé cet après-midi... Bah! On verra bien.

Quand les deux préposés au service aux chambres arrivent avec les victuailles, maman et moi écarquillons les yeux de surprise. Il y a de quoi manger pour huit personnes! Dommage que nous ne prévoyions être que quatre... Deux minutes après, on frappe encore à la porte.

— J'vais ouvrir, m'man!

Camille et sa mère entrent.

— Wow! T'es donc bien belle, Jules!

Douchée et reposée, j'ai enfilé le débardeur en fil de coton que maman m'a acheté à La Havane, ainsi que les sandales à fines lanières de cuir et mon minishort préféré. Assortie à mes jambes bronzées, ma tenue me donne l'air d'une vraie Cubaine ! J'espère que ça plaira à Dimitri…

— Tu aimes ?

— Ça te va trop bien. Tu sais quoi ?

— Non, quoi ?

— Regarde qui est là !

Caché derrière son dos, il y a…

— Dimitri !

— Maman a téléphoné à son oncle pour lui expliquer ce qui s'était passé cet après-midi et lui dire que nous souhaitions l'inviter à dîner pour le remercier. Personne ne résiste à ma mère quand elle veut quelque chose ! affirme Camille.

— Tu as très bien fait, Nathalie ! *¡Bienvenido Dimitri!* lance maman en s'adressant au héros du jour. *¡Entra, entra!*

19 H 45

Après un repas digne d'une équipe de joueurs de football affamés, nous nous apprêtons à entamer le gâteau au chocolat quand on frappe de nouveau à la porte. Camille va ouvrir.

— Eh ben, ça alors ! s'exclame-t-elle.

Devant elle se tiennent Julien et ses parents, les mains pleines de grands sacs.

— Comme promis, j'ai récolté quelques petits effets auprès d'autres clients de l'hôtel, annonce le papa, qui paraît fier de lui. Julien vient d'attirer mon attention sur le fait que vous quittez l'hôtel demain, alors j'ai pensé les apporter ce soir.

— Des vêtements et quelques autres articles, précise la maman de Julien.

— Vous en avez ramassé beaucoup ! m'écrié-je. Il y a au moins six sacs !

— Comme c'est gentil de votre part ! s'exclame ma mère. Mais entrez donc ! Viens, Julien, ne sois pas timide.

— Nous avons pensé que c'était la meilleure façon de remercier Dimitri de m'avoir sauvé la vie, complète notre ami, l'air contrit. J'ai participé moi aussi à la collecte, assure-t-il en déposant tous les sacs dans un coin de la chambre.

Sa tâche terminée, il se tourne vers Dimitri, un sourire engageant sur le visage.

— *Para ti,* dit-il simplement. *Con muchas gracias.*

— *¿Que es esso?* questionne Dimitri, qui ne comprend manifestement rien de ce qui se passe.

— *Son pequenas cosa para tu familia,* explique doucement Nathalie.

— *¿Verdad?* rétorque Dimitri, incrédule, en me regardant.

— *¡Verdad!*

— Ma maman sera très heureuse, affirme le jeune homme en espagnol, en baissant les yeux et en rougissant. *¡Muchas gracias a todos ustedes!*

L'émotion est palpable dans la chambre et les larmes ne sont pas loin quand ma mère a la bonne idée d'intervenir !

— Bon, on ne va tout de même pas rester là comme des pots de fleurs à se regarder avec les yeux pleins d'eau. Et si on s'asseyait pour goûter à ce fameux gâteau au chocolat ?

Sacrée maman !

20 H 30

Les dernières miettes du gâteau disparues, Julien, Dimitri, Camille et moi travaillons fort pour convaincre les quatre parents présents de nous laisser sortir…

— Vous voulez aller où ? s'informe la mère de Julien, une pointe de panique dans la voix.

— Nous allons juste faire un tour, m'man. T'inquiète donc pas, la rassure-t-il.

— Oui, mais où allez-vous le faire, ce petit tour ? insiste Nathalie.

—Ben, on pensait aller se promener sur la plage, précise Camille.

—Après ce qui s'est passé cet après-midi ?

—Bah ! Si personne ne met les pieds dans l'eau, je ne crois pas que ce soit plus risqué qu'hier soir, plaide maman. Moi, je suis d'accord, à condition que tu sois rentrée à 23 h au plus tard, poussinette.

—D'accord pour 23 h ! s'écrient en chœur Julien et Camille.

—Merci, ma petite mamounette d'amour ! Merci, merci, merciii ! Je t'aime *full* trop !

Maman ayant donné sa permission, les autres parents n'ont d'autre choix que d'abdiquer, eux aussi.

C'est ce que je disais : Sacrée m'man !

21 H

Une fois dehors, nous nous dirigeons droit vers la plage. En regardant le ciel, je réalise que des milliers d'étoiles scintillent, rien que pour nous.

Dimitri et Julien sont dorénavant les meilleurs amis du monde. Ils se donnent de grandes tapes dans le dos et rigolent en s'appelant mutuellement *amigo* et *compadre*, qui signifie « compagnon ». C'est bon de les voir ainsi, et c'est comique quand on pense à l'atmosphère tendue qui régnait au début de l'après-midi ! Camille et moi sommes bien contentes de la tournure des événements et tout le monde s'amuse, c'est ce qui importe ! Je me sens si heureuse, ce soir, je voudrais que cette fabuleuse soirée ne se termine jamais.

Lorsque Dimitri se penche soudain sur moi, je devine qu'il va m'embrasser. Je ferme les paupières, bien décidée à savourer chaque instant de ce baiser. Je ne peux cependant m'empêcher d'ouvrir un œil, juste trois secondes, le temps de m'assurer que Camille et Julien se sont, eux aussi, enlacés et qu'ils ont, eux aussi, les yeux clos.

Vendredi 26 juin

12 H 30

Nous avons pris notre petit déjeuner beaucoup plus tard qu'à l'habitude ce matin. Personne n'avait réellement envie d'aller à la plage de bonne heure. En m'éveillant, je me suis sentie un peu triste. C'est notre dernier jour à Cuba, à maman et moi. Mais avant notre départ, une longue journée nous attend. C'est à 13 h, sur la plage, qu'aura lieu aujourd'hui la petite cérémonie en souvenir du père de Camille. Ce matin, maman et moi avons rassemblé nos affaires, puis bouclé nos valises. Comme mon amie et sa mère doivent rester encore quelques jours, nous avons décidé de laisser nos bagages dans leur chambre jusqu'à notre départ, en soirée. Il nous faut aussi transporter tous les sacs destinés à la famille de Dimitri. Au total, il y en a huit ! Heureusement que la chambre de nos amies n'est qu'à quelques portes de la nôtre !

Lorsque nous arrivons devant leur chambre, il faut frapper à deux reprises avant que Nathalie ne vienne répondre. Entrouvrant à peine la porte, elle présente un visage défait. Lorsque la porte s'ouvre en grand, nous découvrons que nos deux amies sont en larmes.

— C'est si dur de penser que c'est aujourd'hui que nous lui faisons nos adieux pour toujours, confie Nathalie à maman.

— Je m'ennuie tellement de papa, m'avoue Camille.

Ma mère et moi sommes tristes de constater le chagrin de nos amies, mais heureuses d'être là. C'est ça, l'amitié : accompagner ceux qu'on aime de bon cœur, dans les joies comme dans les peines.

13 H

Lorsque l'heure de se rendre à la cérémonie arrive, Nathalie et Camille ont retrouvé une certaine sérénité.

À la plage, il y a foule. Je cherche des yeux nos amis. Les parents de Julien lui ont donné la permission d'accompagner Camille et il a promis d'être là à notre arrivée, avec Dimitri.

—La famille de Miguel nous attend là-bas, regardez! s'écrie Nathalie en montrant du doigt un petit groupe à l'écart.

Suivant son regard, je reconnais tout de suite Dimitri. Il est accompagné de sa mère, de sa grand-mère, de ses oncles, tantes, cousins et cousines, ainsi que de... Julien. Je sens monter en moi une bouffée de reconnaissance envers le garçon. Camille appréciera sans doute le réconfort de sa présence, aujourd'hui. D'autres personnes se sont également jointes à celles que nous avons eu l'occasion de rencontrer à La Havane. La famille de Camille est si nombreuse que j'en ai le vertige. Enfin, il y a aussi un prêtre catholique, habillé du costume religieux traditionnel. Moi qui ne suis même pas baptisée, ça me fait tout drôle de penser que je vais assister à des funérailles religieuses. Il va se passer quoi, au juste?

13 H 30

Ce qui se passe, c'est que les gens commencent à monter à bord d'un grand voilier aux voiles toutes blanches. J'interroge ma mère du regard.

— Nathalie dit que Miguel aurait souhaité qu'elle disperse ses cendres dans la mer. C'est pourquoi l'oncle Raoúl a loué ce magnifique bateau pour l'après-midi. Ce sera une bien belle balade. Viens !

Au fur et à mesure que les gens embarquent, les membres de l'équipage distribuent des gilets de sauvetage. Je jette un œil inquiet en direction de la mer. Aucun requin ne semble se promener dans les parages aujourd'hui. Ouf ! J'imagine qu'on sera en sécurité à bord, de toute façon. Plus l'embarcation est grosse, plus c'est le cas, non ? C'est vrai qu'il y a eu le *Titanic*, mais celui-là, c'était probablement l'exception qui confirme la règle. Enfin… je l'espère !

13 H 50

Je ne suis pas certaine d'aimer le voilier autant que le pédalo. En fait, je sens la houle me remonter légèrement dans la gorge. Tentant de concentrer mon esprit sur autre chose que mon estomac, je scrute l'horizon. Depuis combien de temps sommes-nous partis exactement ? Une heure ? Deux ? Une éternité sûrement !

— Nous n'avons quitté la terre ferme que depuis dix minutes, déclare ma mère. Prends sur toi, la balade ne doit pas durer plus d'une heure.

« Prends sur toi ! » Peuh ! Elle est bonne, celle-là ! Je suis censée faire ça comment ?

Dimitri a dû se rendre compte de mon malaise parce qu'il empoigne soudain ma main et demande :

— *¿Te sientes bien, Julietta?*

— *Sí, sí, no hay problema.*

La vérité, c'est que je me sens sur le point d'être malade, mais pas question de l'admettre et d'avoir l'air d'un bébé lala. D'un autre côté, je dois être aussi verte qu'une poignée de petits pois. Yeurk ! J'aime autant pas y penser.

Je me surprends à songer plutôt au père de Camille, qui a dû passer plusieurs jours en mer dans une embarcation de fortune avant de finalement voir apparaître les côtes de la Floride. S'est-il senti malade, lui aussi ? A-t-il dû se battre contre l'assaut des requins ? À ça non plus, je préfère ne pas réfléchir finalement…

14 H

Le bateau ayant jeté l'ancre, le prêtre débite un petit discours auquel je ne comprends évidemment rien du tout. Pas grave. Puis c'est au tour de Nathalie de prendre la parole. Dans ses mains, elle tient une sorte de pot en terre cuite. Plantée bien droite à la gauche de sa mère, Camille semble grave mais elle ne pleure pas. Devant une assistance attentive, Nathalie commence :

— Pour Miguel, rien n'était plus important que la liberté. Il aimait aussi beaucoup sa famille et il nous a tous chéris. Nous sommes réunis aujourd'hui pour honorer sa mémoire et pour satisfaire ses dernières volontés. Puissent tous les enfants du monde avoir la chance un jour de parcourir notre petite planète pour en explorer le ciel, la terre et la mer.

Elle répète ensuite son petit laïus en espagnol, puis elle dévisse le couvercle qui tenait l'urne funéraire bien fermée et en renverse le contenu dans la mer.

— Que le mouvement des vagues te berce pour l'éternité, mon amour, murmure-t-elle, comme pour elle-même.

Émue, ma mère prend ma main dans la sienne et la serre bien fort. Je la laisse faire tout en levant les yeux vers Dimitri qui me regarde aussi. Mon mal de cœur est enfin passé.

15 H

De retour sur la terre ferme, tout le monde se réunit sous une gigantesque tente dressée par le personnel de notre hôtel. On se croirait à une noce ! Il y a des tables rondes, habillées de nappes blanches qui descendent jusqu'au sol, et un énorme buffet ! Il y a surtout de la musique. Dimitri et ses oncles ont apporté guitares, saxophone et maracas. Ça promet ! Camille, Dimitri, Julien et moi occupons une table à nous seuls. Camille n'a plus du tout l'air triste et l'atmosphère est maintenant à la fête. Je me demande si Dimitri sait danser...

20 H

Oui, il sait danser, et même très bien ! ☺ Cette dernière soirée à Varadero est magique. Camille, Julien, Dimitri et moi, c'est pour la vie, c'est sûr. *Best friends forever !* Dimitri tente de nous montrer à danser la salsa et le chachacha. Julien n'est pas très doué ! Il nous fait mourir de rire : il tourne autour de Camille en imitant un gorille qui se serait égaré sur la piste. On s'amuse comme des fous ! Je marche quelques fois sur les pieds de Dimitri, mais ça ne l'empêche pas de me dire que je danse comme une vrai *bailarina*. C'est peut-être pas vrai, mais ça me fait rosir de plaisir et Dimitri trouve cela *precioso*, c'est-à-dire charmant. Si seulement le temps pouvait s'arrêter ! Ce soir, j'ai l'impression de ne plus être la fille unique d'une maman célibataire, mais d'avoir bel et bien une vraie grande famille à moi, comme j'en ai toujours rêvé !

Samedi 27 juin

00 H 01

C'est la course vers l'aéroport. Je devrais plutôt dire : la panique vers l'aéroport. Persuadée que nous risquions de rater l'avion, maman a insisté pour quitter la soirée au moment où on s'amusait le plus… Heureusement, c'est l'oncle Oscar qui nous emmène dans sa grande Chevrolet rose. Maman et Nathalie sont assises à l'avant ; Dimitri, Camille, Julien et moi avons pris place à l'arrière. Tout le monde est silencieux, ressassant les meilleurs moments de la soirée et pensant sans doute aux jours qui viennent. Au centre de mes pensées : c'est peut-être la dernière fois que mes amis et moi sommes ensemble tous les quatre… Je secoue la tête. Non ! Je refuse d'envisager cette éventualité ! Nous avons la vie devant nous pour nous retrouver.

Dimitri passe son bras autour de mes épaules et je le laisse faire cette fois. Le contact de sa peau sur la mienne me réconforte. Lorsqu'il m'embrasse sur le front, je sens les larmes me monter aux yeux. Il y a chez ce garçon quelque chose qui le différencie de tous les autres. Il ne s'intéresse pas à ma coupe de cheveux ni à la marque de mes vêtements ; il s'intéresse à MOI. Je me sens vraiment bien avec lui. Un peu comme avec… Gino. (Je n'avais presque plus pensé à Gino ces derniers jours. En voilà un drôle de moment pour qu'il surgisse dans mon esprit !)

00 H 30

Nous arrivons à l'aéroport bien trop tôt à mon goût. Au moment de passer le contrôle de sécurité, Dimitri me serre longuement dans ses bras.

— *Ten cuidado de ti querida,* me chuchote-t-il, ce qui signifie « fais attention à toi ».

— *Sí. Y tu tambien.*

Je n'ai rien trouvé d'autre à lui répondre. J'ai la gorge trop serrée.

2 H

Lorsque l'avion décolle, je m'endors rapidement. Je rêve que Dimitri et moi voguons à bord d'un grand voilier blanc. Sur le pont, il y a tous nos amis. Au loin nage un requin de la taille d'une baleine, mais Dimitri m'embrasse et le requin disparaît…

Mardi 30 juin

20 H

Rentrée de Cuba depuis trois jours seulement, je commence juste à me remettre de mon chagrin d'avoir laissé des amis derrière moi. Par contre, je ne suis pas fâchée d'avoir retrouvé ma chambre, ma connexion Internet et mes petites habitudes... Pas pour longtemps, assurément. Comme je connais ma mère, elle est certainement sur le point de repartir quelque part... En attendant, avec Gino et Gina, nous nous préparons à sortir faire un feu dans la cour arrière de ma maison. Maman a acheté des saucisses à griller et un sac de guimauves géantes pour célébrer la fête du Canada ! Miam ! Ça me fait du bien de passer du temps avec mes *BFF's* de toujours. Si Camille, Dimitri et Julien étaient là, mon bonheur serait complet !

Soudain, mon iPod touch émet le son qui annonce l'arrivée d'un message dans ma boîte de messagerie instantanée Facebook. C'est Camille !

Camille : Salut.
Moi : Salut ! T'es où ?
Camille : Je suis à La Havane, au Sía Kará Café.
Moi : Quoi ? Ils ont Internet ?
Camille : Oncle Raoúl l'a fait installer...
Moi : C'est pas vrai !
Camille : Si je te parle, ça doit être vrai ! ☺ Appelle-moi sur Facetime. J'ai une surprise pour toi.

OMG ! Je suis trop contente ! Je lance Facetime et appelle mon amie aussi vite que mes doigts me le permettent.

Lorsque la caméra s'ouvre sur l'image du Siá Kará Café, je m'aperçois que... Ahhh ! Je ne peux pas y croire ! Juste à la droite de Camille, il y a Dimitri qui me sourit de toutes ses dents. Il est si beau ! Et son sourire est trop craquant. Puis, à sa gauche, je vois apparaître une épaule. De qui s'agit-il ? (Je vous mets au défi de deviner ! ☺ Eh oui ! C'est Julien, toujours aussi blond, toujours aussi content de lui. C'est l'euphorie totale ! Les revoir tous les trois me jette par terre. Mon cœur bat à tout rompre, mes mains sont moites, je sens le rouge me monter au visage. Gina et Gino m'encadrent eux aussi. Je fais les présentations.

—*Hola* Dimitri, *hola* Camille, salut Julien, disent en chœur Gina et Gino en joignant les signes de main à la parole.

Une certitude tranquille s'installe soudain dans mon cœur, chassant le chagrin des derniers jours. Je retournerai un jour à Cuba, je reverrai Dimitri et je ne perdrai jamais Julien et Camille de vue, pas plus que Gina et Gino. Peut-être qu'un jour, nous aurons même l'occasion de nous retrouver tous, *para Macané !* ☺

Mais en attendant, grâce à Internet, nous voilà tous ensemble. Je suis si heureuse ! Vive les voyages ! Vive l'amitié ! Vive nous tous !

Sur les pas de Juliette

MINIGUIDE DE TA VISITE À LA HAVANE ET À VARADERO

La Havane est la capitale de Cuba, un fascinant petit pays des Caraïbes situé au sud de la côte est des États-Unis et formé de l'île de Cuba, de l'île de la Jeunesse et de plusieurs autres petits îlots sablonneux, que l'on appelle des *cayos*. La température est agréable toute l'année (la température moyenne est de plus de 20 °C), et la langue officielle du pays est l'espagnol (castillan). Généralement, le personnel hôtelier parle aussi l'anglais.

Cuba est la plus grande île des Caraïbes et la deuxième île la plus peuplée de cette région du monde. Elle compte plus de 11 millions d'habitants. Le salaire mensuel moyen y est l'équivalent de 10 à 15 dollars par mois, ce qui est très peu. Par ailleurs, le pays est réputé autant pour sa beauté que pour la gentillesse et la simplicité de ses habitants. Il y a quantité de choses à voir et à faire à La Havane et à Varadero. Pour en apprendre davantage, suis le guide !

ARRIVER À CUBA

Le pays comporte neuf aéroports internationaux. Des vols en provenance de partout dans le monde y atterrissent chaque jour. À La Havane, l'aéroport José Martí est situé à environ 25 kilomètres du centre-ville. À Varadero, l'aéroport Juan Gualberto Gómez se trouve à 6 kilomètres de la ville et à près de 150 kilomètres de la capitale. Ces deux aéroports offrent un bureau de change, ouvert 24 heures sur 24.

MONNAIE

Deux monnaies ont cours à Cuba : le peso cubain et le peso cubain convertible. Le second est celui qu'utilisent les touristes. Le peso se divise en 100 *centavos*.

- ***Pesos cubanos* (*moneda nacional* ou *CUP*)**

Les billets cubains existent en coupures de 1, 3, 5, 10, 20, 50 et 100 pesos. Chaque billet est de couleur différente, selon sa valeur. Il existe aussi des pièces de 1 *centavo*, de 2 *centavos*, de 5 *centavos*, de 20 *centavos*, ainsi que de 1 et 3 pesos.

- ***Pesos cubanos convertibles* (CUC)**

Les pesos convertibles se présentent en billets de 1, 3, 5, 10, 20, 50 et 100 pesos, ainsi qu'en pièces de 1, 5, 10, 25 et 50 *centavos* et de 1 peso. Attention ! Pièces et billets sont tout à fait différents des *centavos* et pesos de la *moneda nacional* (*CUP*).

SE RENDRE À L'HÔTEL

À moins de voyager avec un grossiste offrant un voyage « tout inclus », il te faudra monter dans un taxi pour rejoindre le centre de Varadero ou de La Havane. La durée de ton trajet dépendra de ton aéroport d'arrivée et de ta destination finale. Le nom de la compagnie officielle de taxis est Cubataxi. Assure-toi que la voiture est équipée d'un compteur et que le chauffeur le met en marche. Dans le cas contraire, mieux vaut s'entendre avec le chauffeur au préalable, c'est-à-dire avant le départ du véhicule, sur le prix de la course. Enfin, il est également possible de louer une voiture, à condition d'être âgé de 21 ans et plus et de posséder un permis de conduire international. Il est alors préférable de réserver, parce que les voitures disponibles sont rares en période de pointe.

SE DÉPLACER UNE FOIS SUR PLACE

▪ À LA HAVANE

Nombre de déplacements entre les divers lieux touristiques peuvent s'effectuer à pied, la plupart des attractions étant situées dans La Habana Vieja ou dans El Centro. Assure-toi de te chausser correctement. Pour les plus longs trajets, ou pour aller d'un quartier à l'autre, ne te prive pas du plaisir de monter à bord d'un *cocotaxi*, une sorte de scooter jaune à trois places, ou d'un cyclo-pousse, un tricycle comptant deux places à l'arrière et communément appelé *bicitaxi*. J'adore ! Encore une fois, mieux vaut s'entendre à l'avance sur le prix de la course. Une balade en *bicitaxi* ou en *cocotaxi* coûte normalement beaucoup moins cher qu'un trajet similaire en taxi. Dans certains endroits, il est possible de louer un scooter ou une bicyclette. Sur la route, la plus grande prudence est toujours de mise, surtout la nuit et lorsque la circulation est dense.

▪ À VARADERO

On se déplace en taxi ou en bus entre son complexe hôtelier et le centre historique, qui est par ailleurs d'assez petite taille. Il est toujours possible de louer une voiture ou un scooter.

VISITER LA HAVANE

Tu ne dois pas manquer de visiter les principaux quartiers touristiques de La Havane. Il se dégage une atmosphère tout à fait particulière de la capitale de Cuba, un peu comme si le temps s'y était arrêté. Débordante d'énergie et de musique, la ville présente de multiples visages. Elle est sécuritaire et la violence y est à peu près inexistante, mais gare aux petits arnaqueurs qui abordent les touristes pour leur extorquer quelques pesos sous un prétexte ou un autre !

La Habana Vieja (la vieille ville)

Dédale de rues et de ruelles étroites, la vieille ville (ou La Habana Vieja), inscrite sur la liste du patrimoine mondial de l'Unesco, est absolument fascinante. Le cœur historique et touristique de La Havane donne parfois l'impression d'avoir subi un bombardement à cause de la vétusté de certains bâtiments et des travaux de restauration en cours, mais le quartier force quand même l'admiration. Ses rues et son architecture demeurent en effet d'une grande beauté, pour peu qu'on prenne la peine de lever les yeux vers les riches détails que présentent ses façades d'inspiration hispano-andalouse. Portes, fenêtres, corniches et balcons colorés sont une splendeur pour le regard !

▪ À VOIR

Les différentes places ou *plazas*, où se mêlent touristes et population locale, et leurs environs : la **Plaza de la Catedral**, la **Plaza de San Francisco**, située en face du port, la **Plaza Vieja** et la **Plaza de Armas**. Derrière cette dernière, tu trouveras le **Castillo de la Real Fuerza**, un château datant du XVIe siècle, doté de remparts et de vraies douves ! Ne manque pas non plus la *calle* **Obispo**. Cette rue, allant de la Plaza de Armas au Parque Central, est sans doute la plus jolie du quartier et on y trouve nombre de cafés-terrasses, d'agréables restaurants, quelques librairies et d'intéressantes petites boutiques de toutes sortes.

▪ SUR LES TRACES D'ERNEST HEMINGWAY

Les admirateurs du récipiendaire du prix Nobel de littérature ne voudront peut-être pas manquer la **Bodeguita del Medio**, le café-bar préféré de l'écrivain, qui est aussi animé aujourd'hui qu'autrefois. Il est situé à quelques pas de la *Catedral*, au numéro 207 de la *calle* Empedrado, entre la *calle* San Ignacio et la *calle* Cuba. Les murs de l'établissement sont ornés de photos, dessins, graffitis et autres souvenirs de ses visiteurs les plus célèbres dont le musicien Nat King Cole, le poète Pablo Neruda et l'écrivain Gabriel Garcia Márquez.

Sur la *calle* Obispo, à l'angle de Monserrate, le restaurant **El Floridita** est un autre des lieux fétiches de l'auteur du *Vieil homme et la mer*. On peut encore aujourd'hui y déguster de la langouste sous l'œil bienveillant du grand écrivain, présent sur place sous la forme d'une statue appuyée au bar.

Ernest Hemingway
Né en 1899 en banlieue de Chicago, aux États-Unis, Ernest Hemingway est un écrivain et journaliste américain qui a mené une vie d'aventure. Il a notamment vécu à Paris, à Key West ainsi qu'à La Havane, qu'il affectionnait tout particulièrement et où il a écrit ses meilleurs romans. On dit qu'il aimait passionnément la pêche au marlin et qu'il appréciait beaucoup la compagnie des pêcheurs cubains. Son livre le plus connu est un roman intitulé en français *Le vieil homme et la mer* (*The Old Man and the Sea*). Il raconte le combat épique de Santiago, un vieux pêcheur cubain, qui lutte pour ramener à terre un marlin, un très grand poisson des mers chaudes dont les plus gros spécimens peuvent atteindre 900 kilos. Son combat symbolise celui de l'homme devant la nature, ainsi que son courage, sa grandeur et sa dignité. Écrit à Cuba, le livre a été publié en 1952. L'auteur a reçu le prix Nobel de littérature grâce à cette œuvre en 1954.

El Centro Habana

Pour prendre le pouls de la capitale et sentir ce qu'est réellement la vie cubaine, il faut arpenter les rues du quartier que l'on appelle le Centro. Séparé de la vieille ville par le Paseo del Prado, une sorte de chic boulevard, le quartier brille par ses immenses bâtiments à l'architecture néoclassique, Art nouveau et Art déco. Ancien quartier des affaires et secteur de résidence de l'aristocratie et des mieux nantis, il s'agit aujourd'hui d'un lieu de promenade pittoresque et fort agréable, bien que les travaux de restauration des principaux édifices donnent parfois l'impression de se promener au milieu d'un énorme chantier de construction ! Mais qui oserait s'en plaindre ? C'est une joie de penser que ces somptueux édifices seront préservés ! Le quartier regroupe aussi les plus beaux musées de la ville.

▪ À VOIR

Le **Capitolio** et son dôme spectaculaire, emblème de la ville, le **Parque Central**, calme et agréable parc urbain, et la promenade ombragée du **Prado** (parfois aussi appelée Paseo de Martí), bordée de très belles demeures restaurées et d'élégants lampadaires datant des XVIIIe et XIXe siècles. Tout au bout du Paseo del Prado, il y a aussi le **Malecón** et le **Castillo de San Salvador de la Punta**. Si tu t'intéresses à la musique, tu peux visiter dans ce quartier le **Museo nacional de la Musica**, situé au numéro 1 de la *calle* Capdevila, entre la *calle* Habana et la *calle* Aguiar. Ce musée possède la plus grande collection d'instruments de musique traditionnels de Cuba, dont de magnifiques tambours d'origine africaine et de nombreux modèles de guitares. *Calle* Trocadero, entre la *calle* Agramonte et l'*avenida* de las Misiones, le **Museo Nacional de Bellas Artes** séduira quant à lui les amateurs en herbe d'arts visuels grâce à ses collections d'art universel et d'art typiquement cubain, réparties dans deux bâtiments distincts.

C'est également dans ce quartier que tu trouveras le **Barrio Chino**, dont les entrées sont marquées par les portes typiques que l'on voit dans tous les quartiers chinois du monde. Juste à côté, la **Callejón de Hamel** vaut également le détour pour la grande fresque murale de 200 mètres de long réalisée par le peintre cubain Salvador Gonzáles Escalona. N'oublie surtout pas ton appareil photo (que tu garderas cependant bien caché au fond de ton sac entre les prises !).

El Vedado

Le quartier Vedado date du milieu du XIXe siècle. Fait à signaler, ses rues sont identifiées soit par des numéros, soit par des lettres. Original ! Dans les années 1950, il attirait tout particulièrement les Américains qui venaient jouer dans les casinos aménagés à leur intention. Les rues et les trottoirs y sont larges, et c'est là que se trouvent la plupart des théâtres, salles de spectacles, grands cinémas, beaux restaurants et boutiques chic. Une grande portion du Malecón fait aussi partie du Vedado.

La musique cubaine

La musique est omniprésente à Cuba et occupe une place essentielle dans la vie quotidienne des habitants. Traditionnellement, des mélodies typiquement espagnoles et latino-américaines s'entremêlent, joyeusement ou de façon mélancolique, à des rythmes aux racines africaines. La guitare et la contrebasse s'accompagnent des percussions les plus diverses (claves, güiro, maracas, conga, bongos, etc.) pour donner cette couleur si typiquement cubaine. Les Cubains aiment aussi beaucoup danser et chanter. Vers la fin des années 1990, le groupe cubain Buena Vista Social Club a connu un succès presque planétaire. Si les plus âgés ont une prédilection pour les rythmes traditionnels de salsa, de rumba et de mambo, aujourd'hui les plus jeunes leur préfèrent souvent le reggaetón, sorte de mariage entre les diverses musiques caribéennes et le hip-hop.

▪ À VOIR

Une promenade s'impose sur le **Malecón**, bien sûr, mais également sur la **Rampa**, nom que l'on donne à la partie montante de la *calle* 23, c'est-à-dire à la portion de cette rue située entre le Malecón et la *calle* N. Le **Parque Coppelia** se trouve au centre de la Rampa. On peut y admirer une très jolie statue de Don Quichotte de la Mancha. Tu le connais ? C'est un personnage de la littérature espagnole classique. C'est aussi dans ce parc que se trouve le marchand de crème glacée le plus populaire de Cuba. Essaie la saveur *fresa y chocolate*, ma préférée ! Attention, il y a continuellement foule, et la file d'attente pour être

Aller à l'école à Cuba

Le gouvernement cubain investit fortement dans l'éducation depuis 1961. En 1953, près de la moitié des enfants cubains n'étaient pas scolarisés. Aujourd'hui, presque tous les enfants vont à l'école de l'âge de quatre ans jusqu'à seize ans, et l'éducation est gratuite à tous les niveaux, même à l'université. Si tu vas à Cuba pendant la période scolaire, tu reconnaîtras les écoliers à leur uniforme. Les plus jeunes portent des shorts rouges (garçons) ou des jupettes (filles), rouges également, assortis à des chemises blanches décorées d'un foulard bleu. Les élèves un peu plus âgés portent des uniformes jaunes. Les écoliers doivent souvent parcourir plusieurs kilomètres à pied pour se rendre à l'école. Et ils le font de bon cœur, parce que José Martí, héros de l'indépendance nationale, a dit un jour que l'éducation était « le seul moyen d'accéder à la liberté ».

servi est souvent très longue. Enfin, la **Universidad de La Habana** se trouve sur la *calle* 27 de Noviembre au coin de la *calle* Ronda. En haut des marches menant à l'entrée principale, tu pourras admirer la statue de l'*Alma Mater*, c'est-à-dire la mère nourricière, symbole de l'Université de La Havane.

Miramar

Le quartier Miramar est le plus chic de La Havane. Les résidences cossues qui le composent abritent une classe de gens privilégiés et les personnages les plus en vue du pays. C'est le quartier des ambassades, des supermarchés, des boutiques de luxe (eh oui, ça existe même à Cuba !) et du célèbre cabaret Tropicana, où se produisent des danseurs aux costumes parés de plumes multicolores.

▪ À VOIR

L'**Avenida 5**, la plus belle avenue du quartier, où se trouvent quelques-unes des plus riches demeures de la ville, vaut le détour. Entre l'Avenida 5 et l'Avenida 3, l'**ambassade de Russie** s'étend sur plusieurs rues, dominant tout le quartier. Impressionnant ! Les amateurs de magasinage se réjouiront d'y découvrir le plus grand supermarché de La Havane, le Centro Commercial Palco, *calle* 188, entre l'Avenida 1 et l'Avenida 5. Enfin, tu voudras peut-être voir l'**Acuario Nacional de Cuba**, où l'on présente un spectacle de dauphins et où on peut observer des milliers de spécimens de la faune marine de la mer des Caraïbes.

À l'extérieur du centre

▪ FINCA LA VIGÍA

La Finca la Vigía est la villa qu'occupèrent Ernest Hemingway et Martha Gelhorn, sa femme, entre 1940 et 1945. Aujourd'hui transformée en musée, elle se trouve à San Francisco de Paula, une ville située en banlieue de La Havane. Les visiteurs ne peuvent pas entrer dans la maison, mais les fenêtres grandes ouvertes permettent de voir presque tout, dont le superbe mobilier, la machine à écrire de l'écrivain, sa bibliothèque bien garnie, ses trophées de chasse, ses souvenirs de voyages, quelques œuvres d'art et de nombreuses photographies d'époque. Dans le jardin se trouve un cimetière d'animaux. Et pour cause ! On dit que Hemingway aurait à lui seul possédé pas moins de 50 chats ! Incroyable, non ? Dans un pavillon spécial, on peut aussi voir le *Pilar,* le bateau à bord duquel l'écrivain allait à la pêche au marlin. On peut visiter la villa tous les jours à partir de 10 h.

http://www.hemingwaycuba.com/finca-la-vigia.html

▪ COJIMAR

Il s'agit d'un charmant village, autrefois habité exclusivement par des pêcheurs. Nombre d'artistes et d'écrivains y ont élu domicile. Dans les années 1950,

Ernest Hemingway y venait pour la pêche au marlin. C'est dans ce village que se situe l'action du roman *Le vieil homme et la mer*. On y trouve un buste du romancier.

▪ PLAYAS DEL ESTE

À moins de 30 minutes en voiture du centre-ville, les **Playas del Este**, une bande de sable de 50 kilomètres, sont appréciées autant des Cubains que des visiteurs résidant dans les quelques hôtels qui leur sont destinés. L'endroit est cependant plus ou moins adéquat pour les familles.

BELLES D'AUTREFOIS

Paradis des *aficionados* de voitures anciennes, La Havane est littéralement un immense musée des curiosités en matière de voitures. Le parc automobile de la ville est incroyablement diversifié ; les Lada des années 1980 côtoient sans complexes les Toyota des années 2000 et les belles américaines des années 1940 et 1950. Peintes de couleurs vibrantes, plusieurs de ces dernières font office de taxis. Envie d'une balade à bord d'une vieille Buick décapotable rose ? Le prix de la course est à négocier. La plupart des propriétaires de ces belles d'autrefois sollicitent les clients potentiels dans le centre de la ville, autour du Capitolio et de l'hôtel Parque Central.

VISITER VARADERO

On se rend surtout à Varadero pour la beauté de ses longues plages de sable blanc, jamais surpeuplées. Cette péninsule de 19 kilomètres de long constitue le site touristique le plus populaire de tout le pays. On peut y pratiquer à peu près tous les sports nautiques, et ses eaux limpides, regorgeant de poissons multicolores, sont idéales pour la plongée en apnée.

▪ À VOIR

Le centre de Varadero ne compte aucun monument historique, mais on peut y visiter le **Museo municipal** et un grand parc, très apprécié des enfants, le **Parque Retiro Josone**, qui comporte un charmant plan d'eau accueillant des oiseaux aux couleurs flamboyantes.

Ma mère vous conseille évidemment une visite du restaurant **Las Americas**, situé dans le petit hôtel Mansion Xanadú, aussi appelé Maison Dupont, situé *avenida* Las Americas, sur la colline de San Bernardino. S'il est vrai que la vue de la terrasse est splendide, les prix ne sont pas accessibles à toutes les bourses. Il faut dire qu'avant d'être transformée en hôtel et restaurant, la maison a appartenu à un milliardaire américain assez connu, l'ingénieur Alfred Irénée Dupont de Nemours, petit-fils du fondateur de la firme à qui l'on doit l'invention du bas nylon, si je ne m'abuse ! Dans la salle à manger, on a conservé une partie du mobilier d'époque, et on peut y admirer nombre de photographies des divers membres de la célèbre famille. Au deuxième étage de la maison, des chambres sont à louer, pour ceux qui souhaiteraient prolonger le plaisir…

Enfin, les inconditionnels de parcs naturels ne voudront pas manquer **Punta Hicacos**, une réserve écologique où il est possible de visiter des grottes. On dit que c'est surtout un paradis pour les amateurs de plongée.

MANGER

Le riz (*arroz*), le porc (*cerdo*), les haricots rouges ou noirs (*frijoles*), de même que le poulet (*pollo*) et le poisson (*pescado*) constituent la base de la gastronomie cubaine. Les *platanos fritos* (bananes plantains frites) et les croquettes de maïs sont aussi très populaires, de même que le flan au caramel. La langouste est proposée dans les restaurants recevant des touristes. Il est également possible de consommer des pâtes, des pizzas et des burgers dans plusieurs de ces établissements.

À La Havane, si l'envie vous prend d'essayer un bon *paladar*, un de ces restaurants familiaux où l'ambiance, la cuisine et les prix sont exceptionnels, essayez le **Siá Kará Café,** situé *calle* Industria, au coin de la *calle* Barcelona, derrière le Capitolio. Décoré comme un loft exotique, ce café-restaurant est le secret le mieux gardé de La Havane. Ma mère, nos amies et moi y avons passé deux très agréables soirées, et nous avons été conquises. Non seulement la nourriture y est savoureuse, mais les portions sont gigantesques, le décor est génial, et le personnel, d'une gentillesse désarmante. Le restaurant est situé non loin des meilleurs hôtels, dont le Parque Central et l'Inglaterra. Enfin, on y parle français, ce qui est rare à La Havane !

http://www.siakaracafe.com

Toujours à La Havane, le restaurant **Sociedad Asturiana Castropol**, **Taberna** situé *calle* Malecón, au numéro 107, est aussi un bon choix pour son menu proposant plusieurs variétés de pâtes et de pizzas.

Il est de mise de laisser 15 % de pourboire dans tous les restaurants.

SE LOGER

À La Havane, ma mère et moi avons séjourné dans l'un des hôtels les plus luxueux de la ville, le **Parque Central**, qui était flambant neuf. Je l'ai adoré pour plusieurs raisons, dont la piscine sur le toit et le service plus qu'impeccable. En fait, cet hôtel n'a rien à envier aux meilleurs établissements nord-américains. Les prix sont évidemment conséquents. L'hôtel est aussi très bien situé, à la limite entre les quartiers El Centro et La Habana Vieja.

http://www.hotelparquecentral-cuba.com/fr/hotel_parque_central_cuba.asp

De l'autre côté de la rue, le mythique hôtel **Inglaterra** possède, lui aussi, beaucoup de charme. S'il est classé monument national, il n'en demeure pas moins luxueux et très confortable. Il faut dire qu'il a logé d'éminents personnages, dont la fameuse Sarah Bernhardt (il s'agit d'une célèbre actrice d'une autre époque ; si son nom ne te dit rien, tu peux consulter Internet). D'une élégance raffinée, l'établissement rappelle avec nostalgie l'atmosphère qui devait régner à Cuba à la fin du XIXe siècle. L'architecture de l'hôtel, malgré son nom (qui signifie Angleterre), est d'inspiration néoclassique espagnole. On l'aime pour les émotions qu'il suscite, pour la beauté de son vestibule orné de mosaïques andalouses et pour la décoration de ses chambres, très romantique.

http://www.hotelinglaterra-cuba.com

Si tu as plutôt envie d'occuper une *casa particular* (maison d'hôte), pourquoi ne pas essayer la Casa Malecón Habana, sur la *calle* Malecón ? On y offre trois impeccables chambres avec vue de la mer, et les prix sont raisonnables.

http://www.casamaleconhabana.com

En ce qui concerne Varadero, les hôtels offrant des forfaits « tout inclus » sont si nombreux que je laisse ton agent de voyages te conseiller.

LEXIQUE ESPAGNOL-FRANÇAIS DE VOYAGE

ESPAGNOL	FRANÇAIS
No	Non
Sí	Oui
Hola	Salut
Encantado – encantada	Enchanté(e)
¿Como esta? ¿Que tal?	Comment allez-vous ?
Perdón – Lo siento	Pardon – Excusez-moi
Por favor	S'il vous plaît
Gracias	Merci
No hay de qué	Il n'y a pas de quoi
Amigo – amiga	Ami(e)
Compadre	Copain
Aficionado(a)	Amateur(trice) – mordu(e)
La mañana	Le matin
La tarde	L'après-midi
La noche	Le soir
Ayer	Hier
Hoy	Aujourd'hui
Mañana	Demain
Aquí	Ici
Ahí – allí	Là
Grand – grande	Grand(e)
Pequeño – pequeña	Petit(e)

Guapo – guapa	Beau – belle
También	Aussi
Corazon	Cœur
Corazoncito(a)	Petit cœur
Turista	Touriste
Familia	Famille
¿Qué?	Quoi ?
¿Quién?	Qui ?
¿Cuando?	Quand ?
¿Dónde?	Où ?
¿Por qué?	Pourquoi ?
Cuidado!	Attention !
Solamente	Seulement
Tiburón	Requin
¿Cuento cuesta eso?	Combien cela coûte-t-il ?
No entiendo	Je ne comprends pas
No hablo español	Je ne parle pas espagnol
¿Como se llama usted?	Comment vous appelez-vous ?
Me llamo Julietta	Je m'appelle Juliette
¿Que es esso?	Qu'est-ce que c'est ?
¿Cual es tu grupo o banda de musica preferido?	Quel est ton groupe de musique préféré ?
¿Se puede ayudarle? (*ayudarla* au féminin)	Puis-je vous aider ?
¿Dónde hay un banco (una oficina de cambio)?	Où y a-t-il une banque (une maison de change) ?
Tengo hambre	J'ai faim
¿Dónde hay un buen restaurante cerca de aquí?	Où y a-t-il un bon restaurant autour d'ici ?

¿Sabe usted dónde está el hotel Parque Central?	Savez-vous où est l'hôtel Parque Central ?
Vamos al mar	Allons à la mer
Estoy buscando un banco	Je cherche une banque
Taxi	Taxi
Uno	Un
Dos	Deux
Tres	Trois
Cuatro	Quatre
Cinco	Cinq
Seis	Six
Siete	Sept
Ocho	Huit
Nueve	Neuf
Diez	Dix
Veinte	Vingt
Treinta	Trente
Cuarenta	Quarante
Cincuenta	Cinquante
Sesenta	Soixante
Setenta	Soixante-dix
Ochenta	Quatre-vingts
Noventa	Quatre-vingt-dix
Cien	Cent
Mil	Mille

UN PEU D'HISTOIRE

Les Cubains sont les héritiers de plusieurs cultures fortement métissées. Déjà habitée par des peuples autochtones lors de sa « découverte » par Christophe Colomb en 1492, l'île est d'abord conquise par l'Espagnol Diego Velázquez de Cuellar. Ce dernier cause la quasi-disparition des premières nations amérindiennes, avant d'y faire venir des esclaves d'Afrique. Aux XVIe et XVIIe siècles, La Havane est l'escale principale des navires chargés des richesses du Nouveau Monde. Son port est alors particulièrement convoité par les pirates (boucaniers français, corsaires anglais et hollandais) qui pullulent dans la région. Conquise par les Anglais à l'été 1762, Cuba est rendue à l'Espagne en 1763 avant d'être secouée par une première révolution. En 1959, le célèbre Fidel Castro prend le pouvoir. En 2006, il délègue ses fonctions pour cause de maladie. Aujourd'hui, la République de Cuba est gouvernée par son frère, Raùl Castro, officiellement élu en 2008.

Pour t'aider à t'y retrouver, voici une brève chronologie des événements importants dans l'histoire de Cuba.

CHRONOLOGIE

(Avant 1492) Cuba est peuplée d'Amérindiens (Siboneys, Arawaks, Taïnos et autres).

1492 Christophe Colomb découvre l'Amérique et débarque sur l'île.

1511 L'Espagnol Diego Velázquez de Cuellar fait la conquête de Cuba.

1515 (*environ*) Fondation de La Havane.

1607 La Havane devient la capitale de Cuba.

1762 Les Anglais font la conquête de la ville.

1763 Cuba est rendue à l'Espagne.

1868 Début de la guerre des dix ans et première tentative d'indépendance envers l'Espagne.

1886 Abolition officielle de l'esclavage à Cuba.

1895 Le journaliste et essayiste José Martí prend la tête de l'insurrection contre les Espagnols. Début de la Guerre d'indépendance.

1898 Début de l'occupation américaine.

1902 Indépendance officielle de Cuba. Tomás Estrada Palma devient le premier président de la République de Cuba.

1925 Gerardo Machado devient le second président. Création du parti communiste cubain.

1940 Le sergent Fulgencio Batista accède au pouvoir.

1953 Début de la seconde révolution cubaine.

1959 Fidel Castro prend le pouvoir.

2006 Fidel Castro délègue ses pouvoirs à son frère Raùl.

2008 Raùl Castro est officiellement élu président de la République de Cuba.

20xx Visite de Juliette.

20xx Ta visite.

QUESTIONNAIRE

1. L'année 1492 a été marquée par l'arrivée d'un très fameux explorateur à Cuba. Lequel ?

a. Samuel de Champlain
b. Jacques Cartier
c. Marco Polo
d. Christophe Colomb

2. Trouve l'intrus parmi ces célèbres habitants de Cuba.

a. Antoni Gaudì
b. Fidel Castro
c. Ernest Hemingway
d. Ibrahim Ferrer

3. Dans quelle mer se trouve Cuba ?

a. La mer Méditerranée
b. La mer Noire
c. La mer des Caraïbes
d. La mer Morte

4. Quel est le sport préféré des Cubains ?

a. Le football
b. Le baseball
c. Le tir à l'arc
d. L'escrime

5. Qu'est-ce qu'un boucanier ?

a. Un bateau à vapeur
b. Un four permettant de boucaner la viande
c. Un pirate
d. Une personne qui fait du boucan

6. Dans quelle rue de La Havane trouve-t-on une immense fresque murale du peintre cubain Salvador Gonzáles Escalona ?

a. El Paseo del Prado
b. L'*avenida* Carlos III
c. La Callejón de Hamel
d. La *calle* Barcelona

7. Quel est le titre du livre qui a valu à Ernest Hemingway son prix Nobel de littérature ?

a. *Un homme et son poisson*
b. *Le vieil homme et la mer*
c. *Le pêcheur et l'écrivain*
d. *Jaws*

8. Quel est le salaire moyen d'un ouvrier cubain ?

a. 50 dollars par semaine
b. 100 dollars par mois

c. 5 dollars par jour
d. Environ 10 dollars par mois

9. Qu'est-ce que le Capitolio ?
a. Une salle de spectacle où l'on présente des ballets
b. Un restaurant renommé où les célébrités de passage à La Havane ont l'habitude de manger
c. L'ancien siège du Congrès cubain, aujourd'hui emblème architectural de la ville
d. Un édifice en forme de bateau conçu par un célèbre architecte espagnol

10. Dans quel quartier de La Havane se situe l'Acuario Nacional de Cuba ?
a. El Habana Vieja
b. Miramar
c. Cubanacan
d. Vedado

11. Qu'est-ce que le Barrio Chino ?
a. Le quartier chinois de La Havane
b. Un plat chinois s'apparentant au Chop Suey
c. Une grande barrière de corail située à l'ouest de Varadero
d. Un cyclo-pousse proposant des promenades aux touristes en visite à Varadero

12. Quel poisson de très grande taille peut-on pêcher au large de Cuba ?
a. La truite

b. L'esturgeon
c. La baleine
d. Le marlin

Réponses
en page 301

Ton carnet de visite

Date: ______________________ **Météo:** _______________

Visites du jour: ____________________________________

____

____

____

____

Avec qui? ____

Tes impressions: ___________________________________

____

____

____

____

____

____

____

____

____

____

____

Date: ____________________ **Météo:** ______________

Visites du jour: ______________________________

Avec qui? ______________________________

Tes impressions: ______________________________

Date: ____________________ **Météo:** ______________

Visites du jour: ________________________________

____

____

____

____

Avec qui? ________________________________

Tes impressions: ________________________________

____

____

____

____

____

____

____

____

____

____

____

____

____

____

Date: ______________________ **Météo:** _______________

Visites du jour: ____________________________________

____

____

____

____

Avec qui? ____

Tes impressions: ___________________________________

____

____

____

____

____

____

____

____

____

____

____

____

____

____

Date: ____________________ **Météo:** ______________

Visites du jour: ______________________________

____

____

____

____

Avec qui? ______________________________

Tes impressions: ______________________________

____

____

____

____

____

____

____

____

____

____

____

____

____

____

Date : ____________________ **Météo :** ______________

Visites du jour : ______________________________

____

____

____

____

Avec qui ? ______________________________

Tes impressions : ______________________________

____

____

____

____

____

____

____

____

____

____

____

____

____

____

Date: ______________________ **Météo:** _______________

Visites du jour: ____________________________________

____

____

____

____

Avec qui? ____

Tes impressions: ____________________________________

____

____

____

____

____

____

____

____

____

____

____

____

____

____

Date: ______________________ **Météo:** _______________

Visites du jour: ____________________________________

____

____

____

____

Avec qui? ____

Tes impressions: ___________________________________

____

____

____

____

____

____

____

____

____

____

____

____

____

____

Date: ______________ **Météo:** ______________

Visites du jour: ______________

Avec qui? ______________

Tes impressions: ______________

Date: ____________________ **Météo:** ______________

Visites du jour: ________________________________

Avec qui? ______________________________________

Tes impressions: _______________________________

RÉPONSES AU QUESTIONNAIRE

1. D
2. A
3. C
4. B
5. C
6. C
7. B
8. D
9. C
10. B
11. A
12. D

Si tu as 10 bonnes réponses ou plus : Tu es indéniablement déjà spécialiste de Cuba.
Si tu as entre 5 et 9 bonnes réponses : Après ta prochaine visite à Cuba, cette île magnifique n'aura plus de secret pour toi.
Si tu as 4 bonnes réponses ou moins : Il te faut peut-être relire les aventures de Juliette avant de partir ?

Bon séjour à La Havane !

LEXIQUE

10 ***BFF*** – Best friend forever, meilleure amie.

11 ***OMG !*** – Oh, mon Dieu ! Abréviation de *Oh, my God !*

13 **Niaiser** – Se moquer de, charrier.

14 ***Weird*** – Bizarre.

15 **Dollar** – En octobre 2015, un dollar canadien (CAD) valait 0,688 EUR. À noter qu'à la même date, un dollar américain (USD) valait 0,899 EUR.

18 **Camisole** – Débardeur.

21 ***Fudge !*** – L'inoffensive expression « fudge » sert à remplacer un juron. Puisque les enfants n'ont pas le droit de jurer…

22 ***Hot*** – Génial.

29 **Plate** – Ennuyeux.

Gougoune – Tong, sandale à deux brides dont le point d'attache sur le devant de la semelle se trouve entre le gros et le deuxième orteil.

35 **Magasiner** – Faire les magasins, faire du shopping.

72 **Minoucher** – Caresser.

78 **Mauzusse!** – Comme l'expression « fudge », l'expression « mauzusse » sert à remplacer un juron, cette fois-ci le juron « maudit(e) ».

88 ***Chill*** – Cool, sympa.

108 **Magané** – Endommagé, abîmé, maltraité.

112 **Placoter** – Bavarder.

125 **Poche** – Nul, médiocre.

148 **Chandail** – Pull, sweat-shirt.

152 **Gravol** – Médicament qui s'utilise notamment pour prévenir et soulager le mal des transports.

177 **Être le fun** – Être super.

206 ***Six pack*** – Tablette de chocolat, abdominaux particulièrement développés.

212 **Gosser** – Déranger.